图书在版编目（CIP）数据

魔法公主夏薇薇. 与恶魔公主的对决 / 顶猫的小姐文；蜜桃老师图. —北京：化学工业出版社，2020.2
ISBN 978-7-122-35934-6

Ⅰ.①魔… Ⅱ.①顶… ②蜜… Ⅲ.①儿童小说-长篇小说-中国-当代 Ⅳ.①I287.45

中国版本图书馆CIP数据核字（2019）第297704号

MOFA GONGZHU XIA WEIWEI：YU EMO GONGZHU DE DUIJUE
魔法公主夏薇薇：与恶魔公主的对决

责任编辑：隋权玲　　　　责任校对：宋　玮　　　　封面设计：普闻文化

出版发行：化学工业出版社（北京市东城区青年湖南街13号　邮政编码100011）
印　　装：三河市延风印装有限公司
710mm×1000mm　1/16　印张10　2020年7月北京第1版第1次印刷

购书咨询：010-64518888　　　售后服务：010-64518899
网　　址：http://www.cip.com.cn
凡购买本书，如有缺损质量问题，本社销售中心负责调换。

定　价：28.00元　　　　　　　　　　　　　　　　　版权所有　违者必究

魔镜映出了你的脸，倔强又不近人情。
原来这个世界还有另一个我，那么陌生，又那么熟悉。
也许，一切都早已命中注定。

- 第1章　东海故事

  卡迪娜的救赎 /002

  破解黑魔法 /012

- 第2章　逐梦紫色星球

  植安奎扮起俏佳人 /020

  金毛仓鼠卡卡的眷恋 /027

- 第3章　真假王妃的未解之谜

  悬浮的空中花园 /038

  魔镜之梦魇 /047

- 第4章　公主的重生

  世界上最大的蔷薇 /058

  花神的祭品 /068

目录

● 第 5 章　牛皮册上的交易
与露娜的争夺战 /078
守财奴狄奥西多 /090

● 第 6 章　花神的拯救之路
上流社会的贵族小姐 /098
夏薇薇的替身公主 /106

● 第 7 章　精灵王子的恋人
孪生公主 /116
请你代替我守护她 /125

● 第 8 章　大结局
邪恶力量的合体 /136
最后一场狂欢 /145

● 番外篇

第 1 章
东海故事

🎀 卡迪娜的救赎

🎀 破解黑魔法

【出场人物】

卡迪娜王妃，夏薇薇，女巫大婶，白尼斯杜特尔兰国王，植安奎，摩卡拉

【特别道具】

紫微鞭

卡迪娜的救赎

云雾缭绕的彩虹之穹,水晶般璀璨的尖顶城堡上雕刻着胖乎乎的爱神丘比特,宫殿里吊着精致的水晶灯。小仙子们快乐地挥舞着魔法棒,闪烁的荧光给四周镀上了斑斓的色彩。

卡迪娜王妃站在爬满蔷薇花的窗前,俯瞰人间。碧波荡漾的东海。她的红唇比花朵还要娇艳,清澈温柔的双眼像一对蓝宝石,奢华的宫廷长裙一直拖至床边。然而,她叹了一口气,眉间微蹙,用秀丽的手指揉揉太阳穴。

"东海鲛人的泉眼枯竭了,求求彩虹之穹的仙人们救救我们吧。"声嘶力竭的哭泣声不断传来。

"我刚刚出生的孩子多么漂亮啊,可他无法呼吸,快死掉了。呜呜……"恸哭声阵阵。

"我们鲛人从来不曾害人,为什么要遭受这样的惩罚,难道老天要让我们灭绝吗?!"愤怒声、讨伐声混在一起,直逼卡迪娜王妃的耳膜。

她痛苦得连连往后退去，脚绊到椅子，差点跌倒。

"咯咯咯……"银铃般的笑声传来，打断了她的思绪。

女巫大婶抱着不满周岁的夏薇薇公主，脚步蹒跚地走了进来，连连说道："小公主这几天顽皮得很，非闹着要来找妈妈。"

"妈妈……抱抱，抱抱！"小公主穿着可爱的粉色蓬蓬裙，拍着胖乎乎的小手，牙牙学语地要往卡迪娜王妃怀里钻。

"夏薇薇，乖。"卡迪娜王妃的脸上终于露出宠溺的笑容。她看着小公主咯咯直笑的小脸，心里顿时漾起一股暖意。

"啊——救救我的孩子，他快要死掉了，救救他啊……"从东海深处发出的哭喊声刺激着卡迪娜王妃。

她的手臂陡然一颤，目光朝怀里的婴儿看去。夏薇薇正开心地玩着她胸前的金色纽扣，脸蛋红扑扑的。她猛地俯身抱紧夏薇薇，惊得小家伙张大小嘴，一脸好奇地盯着妈妈。

"王妃，你哪里不舒服吗？"女巫大婶注意到卡迪娜王妃面色苍白，担忧地问道。

"你先把公主抱下去，我想一个人静一静。"卡迪娜王妃把孩子递给女巫大婶，颤声道。

女巫大婶连忙接过小公主。

"哇哇……妈妈抱，妈妈抱！"夏薇薇刚离开卡迪娜王妃的怀抱，就咧开嘴巴任性地哇哇大哭起来。

可是卡迪娜王妃却猛地转身，根本不理会号啕大哭的小公主。女巫大婶只好强行将小公主抱了出去。

小公主的哭声渐远。两行清泪从卡迪娜王妃的脸颊上滚落。

每一个小孩都是珍宝，然而鲛人的孩子却面临死去的危险。将心比心，如果她的小宝贝夏薇薇面临厄运，她恐怕再也活不下去了。她多么体谅那个鲛人妈妈痛苦的心啊！可是天界不可以插手鲛族的事务。伟大的彩虹之穹的白尼斯杜特尔兰国王、她的丈夫，恪守天条，根本不愿意去救他们。哪怕她苦苦哀求国王,他也丝毫不为所动。

"让我代替他死去,救救我的孩子!"声音更加强烈尖锐。

卡迪娜咬紧牙关,为了救那个无辜的孩子,她只有奋起一搏了。

一道绚丽的影子从城堡的窗里一跃而下,毫不犹豫地坠入人间东海之中,瞬间水花四溅,无比耀眼。

浑浊的海水逐渐清明,哭喊声变成了欢呼声。卡迪娜王妃听见耳边孩子们快乐的笑声,跟夏薇薇的一样。

海底的泉眼里,两颗碧蓝透亮的夜明珠不断净化着海水,鲛人们摇动着长长的蓝色鱼尾,不断吟诵祈福。他们感动的眼泪化成珍珠,给海底铺上了一层雪白的地毯。

卡迪娜王妃的耳边终于安静了,再也没有人日夜向她哭诉,搅得她彻夜难眠,心怀愧疚。尽管那对碧蓝的夜明珠是她的双眼所化,尽管她再也看不见,可她的心却得到了救赎。

她暗自念着咒语,仙力全部凝往双目,美丽的光华散尽,一双黑亮的眸子再生出来。视线有些模糊,疲惫的她却满怀欣喜,她原本以为今生再也看不见了,没想到仍可以重见光明。

夏薇薇,妈妈要回来了!

她激动地朝着天幕飞去,暗暗做好心理准备,她一定要跪在白尼斯杜特尔兰国王面前接受责罚,真心求他原谅。

轰隆——噼里啪啦——

彩虹之穹上阵阵惊雷炸响,闪电如同嗜血的魔兽,在天幕上撕开紫红色的口子。狂风嘶吼着,凝重的黑云扭曲着,正在酝酿着一场冰雹。

卡迪娜惊住了,只有对待彩虹之穹的叛徒,才会有这样恐怖的惩罚。

就在她愣住的一刹,一道紫色的光波朝着她的胸口凶猛地射来,速度快得她根本躲不开。

"呃……"伴随着胸口的钝痛,卡迪娜痛苦地呻吟一声。她柔弱的身体像是风中飘零的小草,在半空中急速地打着旋。

"卡迪娜，你怎么可以背叛我？！我永远都无法原谅你！"白尼斯杜特尔兰国王手持蔷薇魔杖，愤怒地看着半空中的卡迪娜。

她痛苦地看着高高在上的国王，心揪得生疼，可受伤的她，一点声音都发不出。手指无力地朝国王伸过去，一道闪电迅速击在她身上。一阵痉挛的痛过后，卡迪娜王妃再也睁不开眼睛，意识渐渐消散。她绝望地闭上双眼，眼泪簌簌落下，脑海中夏薇薇的笑脸再次浮现……可是她再也没有机会回到她身边，给她一个温暖的拥抱了。

十几年后，故事在如梦如幻的迷雾森林中上演，一座漂亮的白色别墅矗立在终年化不开的雾里。

别墅华丽的卧室中央，一个漂亮的女孩子抱膝缩在四柱床的一角。她黑亮的眸子起了一层水雾，如蔷薇花瓣的嘴唇剧烈颤抖着，瀑布般的长卷发倾泻在肩膀上。她盯着映在水盆中的一张极为丑陋的脸，情绪瞬间崩溃，连声否认："你一定不是我妈妈，一定不是！"

"你刚刚看到了我的脸？！"戴着白色面纱的女子惊恐地捂住脸庞，浑身颤抖地往后退去。"哐当"一声，她慌张地撞翻水盆，脚步仓促地逃出了夏薇薇的卧室。她万万没有想到夏薇薇竟然借用水中的倒影窥视她刻意遮住的容貌，她这么丑陋，一定吓坏夏薇薇了吧？

植安奎见夏薇薇难过，便迅速走来按住夏薇薇的肩膀，稍施点力给她打气，然后转身循着卡迪娜离开的方向追去。

卡迪娜把小屋的门用力掩上，难过地哭了一会儿。接着，她浑身无力地坐在梳妆镜旁，双手颤抖地摘下一层又一层的面纱。

镜子里丑陋的脸，是她一辈子都不愿意看见的。橘子皮般粗糙的皮肤，额头上覆着几块黑斑，一双眼睛空洞无神，惨白的嘴唇没有一丝血色。

卡迪娜咬紧下唇，十几年来，她总是忍不住幻想着与女儿见面，想要了解她的一切。她也想过女儿可能早就不记得她，甚至还很恨她，可当亲耳听见她否认自己的时候，心还是痛如刀割。

她痛苦地摇摇头，眼泪滴落在桌面上。大镜子最上头，几缕泛着紫色荧光的紫潋滟绒丝在半空中不安地扭动着。紫潋滟绒丝象征着她守护云哆亚星球的尊贵身份。

卡迪娜心一横，一只手抓住绒丝，另一只手拿起剪刀，只要剪断这些与云哆亚星球相连的绒丝，她就再也不用忍受痛苦和威胁了。

"叮"的一声，一道夺目的红宝石光射向卡迪娜手里的剪刀。卡迪娜的手指发麻，剪刀顿时坠落在地。紫潋滟重获自由，迅速向着半空中逃去，在屋角缩成一团。

卡迪娜吓了一跳，她手忙脚乱地将面纱拢上，忙坐起身，扭头向后看，只见植安奎面色冷峻，正冷冷地盯着她。

"夏薇薇情绪很不稳定，既然你是她的妈妈，就该承担起责任，而不是逃避问题！"植安奎目光炯然地怒道。他抬头瞟了一眼紫色绒丝，那是卡迪娜与云哆亚星球相通的灵物，两者一损俱损。

"我不是，我不是！"卡迪娜浑身剧烈地颤抖，狂躁地大声否认。

"夏薇薇一直在找你，现在你应该去跟她相认。"植安奎劝道。

"不，我这么丑，只会给她丢脸，而且她那么讨厌我……"卡迪娜已经泣不成声了。

"她只是无法立刻接受这个事实。而且你把我们困在迷雾森林中，到底是什么目的？"植安奎煞有介事地看看四周，走到卡迪娜身边压低声音问道。

卡迪娜怔怔地看着他，她痛苦地闭上眼睛，记忆回溯，一段辛酸无奈的日子在脑海中浮现。

卡迪娜王妃是彩虹之穹另一个星球——云哆亚的守护女神，她的美丽让彩虹都感到羞愧。彩虹之穹上乘坐太阳黄金马车巡防的白尼斯杜特尔兰国王无意间见到她，被她的美丽深深打动，便娶她为王妃。

他们原本有一段幸福美满的生活，还有了一个可爱的孩子——夏薇薇公主。然而，人间东海鲛人遇到天劫，他们赖以生存的泉眼被击碎，鲛人无法呼吸，死尸遍野，十分凄惨。不忍见鲛人痛苦的卡迪娜王妃违背天条，私自到东海拯救鲛人，用一双眼睛幻化成夜明珠，净化东海海水。然而她回来之后却受到了五雷轰顶的惩罚，受伤昏迷的卡迪娜王妃无处可去，只好拖着残躯躲在东海海底一个蓝色的大海螺里，期待着有一天可以重新返回彩虹之穹，跟女儿相见。鲛人国王塞涅卡怜惜卡迪娜王妃，赐给她斯卡汀娜王妃的称号，让她名正言顺地住在东海，不被他人侵扰。日复一日，年复一年，可惜彩虹之穹的大门再也不曾向她开启。几年后，鲛人的一双夜明珠被人盗走，鲛人再遇劫难，她心如刀绞，那可是她的眼睛啊！鲛人们不知夜明珠的来历，都认为斯卡汀娜王妃有办法再次拯救鲛人，于是纷纷匍匐到她脚下向她乞求救赎。几乎崩溃的卡迪娜王妃尽全力飞到天界，想求白尼斯杜特尔兰国王原谅。不想，她正飞到半空，却被云哆亚星球的恶魔公主露娜用渔网兜住，并强行带回了云哆亚星球。

"可是露娜抓你做什么，你不是云哆亚星球的守护女神吗？"植安奎见卡迪娜欲言又止，追问道。

"正是因为肩上有守护星球的使命，我才不敢懈怠，不敢表露对夏薇薇的真心啊！"卡迪娜王妃难过地抽泣道。

植安奎目光锐利地盯着卡迪娜耸动的双肩，暗想她一定有什么事情瞒着他。

他正准备问个究竟，"哗啦"一下，昏暗的屋子忽然亮如白昼。一阵强风呼啸而过，屋顶传来"咔咔咔"的响声，地面都跟着颤抖。

半空中的紫潋滟绒丝连忙缩回到卡迪娜的发间。

植安奎吓了一跳，他抬头看去，刺眼的白光中，隐约可见一个黑色的身影正纵身跃下。他身上的光芒极为耀眼，魔力十分强大。植安奎立刻驱动红宝石，警惕地做好迎战的准备。

"臭小子，师傅来了还不赶紧接驾！"伴随着不满的呵斥声，那个黑影从天而降。

植安奎愣了一下，这尖细的声音竟然十分耳熟。他大脑急速运转，顿时恍然大悟，来人不就是他好久不见的师傅摩卡拉吗？

"咚"的一声，帅气的植安奎毫无预兆地被一顿猛砸，四脚朝天地倒在地上，痛得眉头打结。

"啧啧，你怎么瘦了？硬邦邦的真硌人。"身材矮小的摩卡拉不高兴地摸摸屁股，从植安奎身上爬起来，抱怨道。

"你来做什么？"植安奎坐直身体，没好气地瞪了师傅一眼，一见面就把他当肉垫，真是不欺负他心里就不痛快。

"执行渡鸦会的任务。"摩卡拉撇撇嘴，环臂高傲地哼了一声。

师傅还真是臭屁啊！

"我不会跟你们走的！"站在桌子旁的卡迪娜忽然颤声拒绝道，说完就要往屋外逃。

"噌噌噌……"几道黑影迅速从屋顶落下，拦住了卡迪娜的去路，全都是渡鸦会里厉害的魔法师。

渡鸦会的人竟是针对卡迪娜王妃来的！

"你是不是搞错了？"植安奎看势头不对，试探地问摩卡拉。

"妖女，还要往哪里逃？"摩卡拉不理会植安奎，他一步跃到卡迪娜面前，手指一挥，一道冰柱从天而降，迅速将卡迪娜冻在了里面。其他几位魔法师神色严肃，抛出魔法网要套住冰柱。

"慢着！"植安奎疾步走到他们面前，伸手抓住魔法网。他看着摩卡拉，疑问道，"你们一定抓错人了。"

"臭小子，身为渡鸦会的一员，怎么敢背叛我们？！"脾气暴躁的摩卡拉见植安奎阻拦，凝出一个冰钻朝他射去。

植安奎心里一惊，敏捷地侧身躲了过去，急忙解释道："她不是什么妖女，她是彩虹之穹的卡迪娜王妃！"

"你还敢躲？！密令上说她就是妖女，臭小子，还不赶紧闪一边去！"摩卡拉更加生气了，发出更加尖锐的冰锥朝植安奎刺去。渡鸦会就是为了效忠彩虹之穹皇室设立的，国王的密令上让他做什么，他就做什么。

"她不是！"植安奎看着师傅如此不近人情，心里一寒，甚至都没有躲开飞来的冰锥，肩膀被刺了一下，鲜血直流。

"你再说一遍？"摩卡拉惊了一下，他手上的动作迟疑下来。用犀利的眼神看着眼前他引以为傲的徒弟，尖声吼道，"你不服从权威的个性，要我怎么放心把渡鸦会交给你？"

"我说了她不是妖女。"植安奎再次强调。

"密令就是渡鸦会的使命，让开！"摩卡拉失望极了，"冰之魔法"在他手里急速旋转，璀璨的冰雪清晰可见，屋内的温度骤然降低了好几度。

植安奎张开双臂挡在卡迪娜的冰柱前。摩卡拉的魔法极为强大，可是他不能还手，只能咬紧牙关忍受。

"让不让？"摩卡拉极力控制手里强大的暴风雪球，五官拧在一起，用威慑的目光盯着他，"你难道忘记自己是渡鸦会的一分子了吗？我们的使命就是要守护皇室！"

冰封的力量越来越强，就连受过北极之寒的植安奎都有些承受不住了。

他黑亮的眸子闪着坚毅的光芒，如果此时任由渡鸦会带走卡迪娜王妃，好不容易找到妈妈的夏薇薇一定不会原谅他的。

"我只知道我是夏薇薇公主殿下的守护者！"他几乎脱口而出，整个皇室都不能跟夏薇薇相比。至于渡鸦会，他从来没有想过要接任摩卡拉的位置。

"气死我了！"摩卡拉双眼发红，他保养得极好的皮肤顿时起了一层皱纹，手臂用力往前一推，巨大的冰球顿时撞向对面的植安奎。

"你们在干什么？"小屋的门猛地被推开了，眼睛肿得像核桃的夏薇薇震惊地看着眼前的一幕。只见植安奎无力地从冰柱上滑落下来，衣服被冰刃划破，浑身都是渗血的伤口，看起来狼狈不堪。

"拜见公主殿下！"摩卡拉眸中掠过一丝诧异，他对着夏薇薇鞠了一躬，晶亮的眼睛向立在冰柱前的几位魔法师使了个眼色。

"摩卡拉，你怎么可以攻击植安奎啊！"夏薇薇气愤地责备道，并着急地蹲在植安奎身边，看着他浑身的伤口，慌乱道："我去找药，你千万挺住。"

"别去。"植安奎伸手抓住她的手腕，他感觉到身后的魔法师正在蠢蠢欲动。彩虹之穹的密令只有白尼斯杜特尔兰国王可以发布，现在他连妻子都不放过，夏薇薇的处境也岌岌可危。

"这怎么行啊？"夏薇薇皱眉挣开他，转身疾步走到摩卡拉面前，凶道："你们还愣在这里做什么？我先不追究你们起内讧欺负植安奎，但是救人要紧，他正在流血！"

"是是是。"摩卡拉连连点头，他忽然抬起头，狡黠地看了一眼夏薇薇，抬起手指着前面的冰柱小声道，"公主殿下看看植安奎后面是什么？"

"别看！"植安奎的心骤然一沉，冰柱里冻结的可是她的妈妈啊！

夏薇薇一脸茫然地转过头，她的目光扫到冰柱里的人形，顿时惊住了，诧异地张大嘴巴，几乎要哭了。

植安奎立刻忍痛站起身，正准备化掉冰柱，然而夏薇薇身后的摩卡拉忽然诡异一笑，手指对着夏薇薇的后脑勺轻轻一旋。

夏薇薇的瞳孔顿时放大，身体像失去骨头一般，软软地晕倒在地上。

"宝刀未老，我的催眠魔法真有效。"摩卡拉得意扬扬地看着自己的手指赞道。

"你怎么可以对夏薇薇下手！"植安奎迅速将夏薇薇抱离摩卡拉。他愤怒地看着摩卡拉，修长的手指比出一个十字，对着摩卡拉射去。

"哎哟，你总算还手了。大家趁现在，快点把妖女移走。"摩卡拉姿态悠闲地凝出冰盾，恶作剧般吩咐其他魔法师道。

"你混蛋！"植安奎气得浑身直颤，他深知师傅的魔法冰盾。它不断吸收他的魔力，他一旦停止攻击，所有的力量会立刻反弹到他身上。

"别忘了，你可是我教出的好徒儿。"摩卡拉嬉笑地逗着植安奎，脑门上却不断渗出丝丝汗水。没想到植安奎的攻击力这么强，他虽然魔法造诣深厚，但此刻也快要支撑不住了。

"破！"植安奎猛地发力，胸口处的红宝石发出耀眼的光芒。

强大的冰盾遇到宝石光芒，顿时碎裂开来。

摩卡拉惊了一下，他连忙松开冰盾，暗叹植安奎进步神速。

"哼，多谢师傅教我的魔法！"植安奎见冰盾已破，白了摩卡拉一眼，"现在我要把你的冰柱一同破掉！"说完，他脚下用力一弹，跃至冰柱顶端，在绚烂的红宝石光的照射下，冰柱顿时生出道道裂纹。

破解黑魔法

其他几位魔法师见冰柱要碎,急着要用魔法网去拦。

"先看看这小子长进了多少。"摩卡拉悄声道,示意魔法师们停下来。他抬起头,眼神戏谑地盯着正在发力的植安奎,一抹喜色在眼底弥漫开来。植安奎果然进步不小。

"卡迪娜王妃,快醒醒。"植安奎脸色苍白,他几乎耗尽了全身的力量,然而冰块间有细丝相连,根本无法破开。他只能拜托卡迪娜快些恢复意识,从里面帮他一把。

豆大的汗珠不断从他的发际滚落。

一道金光照进小屋,摩卡拉调侃的神情立刻变得极为正式,他带着一群魔法师统统向着金光致敬。

"白尼斯杜特尔兰国王要露面了吗?!"植安奎的心不由得咯噔一下,摩卡拉已经够麻烦了,再来个国王,真是雪上加霜。

金光逐渐变暗,一身宫廷盛装的国王出现在光影中,脸上黑色的八字胡翘起，粗重的眉下刀子般锋利的目光盯着植安奎。

植安奎慌了一下，可他丝毫不敢懈怠，错过了这个化冰的时机，卡迪娜王妃肯定会被带走的！他不能冒这个险。沉重的压迫感朝植安奎袭来，当着国王的面违背他的命令，自己就是有十条命也不够死的。

咔咔……

奇迹发生了，冰柱里发出一道蓝色的荧光。卡迪娜王妃下意识地在冰柱中伸开手臂，冰柱"砰"的一声裂成碎片。植安奎跃至地面上，终于松了一口气。

"说，卡迪娜王妃在哪儿？"国王眼神冰冷地看着卡迪娜，一字一顿地问道。

植安奎注意到卡迪娜的身体剧烈一抖。她垂下头，手指怯怯地护住脸上的面纱，生怕被人看到自己的长相。

"她就是卡……"他刚想开口解释，却被国王打断了。

"我允许你住在迷雾森林苟延残喘，而你却做出这种背叛彩虹之穹皇室的事，简直可恶！"国王将一直背在身后的本子用力摔在卡迪娜面前，语气威严。

卡迪娜被吓了一大跳，双肩耸着，浑身哆嗦起来。

植安奎满心狐疑地弯腰捡起本子，暗想卡迪娜到底做了什么大逆不道的事情，竟然让国王如此勃然大怒。

书页上的字迹极为清秀，可当他看到上面的内容时，心里顿时凉了下来。

"我把夏薇薇他们骗到了迷雾森林里，每日照顾他们饮食起居，举办好玩的派对，假装关怀他们，很快他们就会信任我。我会按照露娜公主的指示，一步一步地执行我们的计划。相信不久之后，他们的心就会奉献到您的面前，任由您处置。"

后面的文字更加可怖。植安奎回想着在迷雾森林生活的日子，几乎每一件事都是卡迪娜提前算计好的，竟然要把他们往陷阱里送！

"你还有什么要狡辩的吗?"国王咬牙切齿地盯着卡迪娜,他话音一转,语气极为沉痛,"只要你告诉我卡迪娜王妃的下落,我就饶你一命!"

"给我三天时间。"卡迪娜突然跪在地上,她原本温柔细腻的嗓音竟变得极为沙哑,"三天后,卡迪娜王妃会在这里等您。"

国王的脸色顿时变了,他的眸子颤抖着,闪过一丝痛苦的神色,但很快恢复冷漠,语气生硬道:"我凭什么信你?!"

"那我只好立刻自刎在您面前,以表我的衷肠。"卡迪娜哽咽着,声音沙哑低沉。

国王的身子颤了一下。

他把晕倒的夏薇薇抱在怀里,对着身边的摩卡拉低声道:"我们走。"

植安奎抢上前想把夏薇薇夺回来,摩卡拉却一脸严肃,用颇有深意的目光看了一眼植安奎,摇摇头制止他,转身跟着国王离去。

"三天之后若是见不到卡迪娜王妃,你必须死。"国王在门口停了一会儿,厉声威胁道。

卡迪娜不断点头。

植安奎见国王一行人离开,他蹲在卡迪娜身边,把本子摊开,满心不解地问道:"你为什么要这样做?"

"一切都是恶魔公主露娜的命令。"卡迪娜苦笑着摇摇头,并缓缓站起身,"我不会伤害夏薇薇,这点请你放心。"

"那你刚刚为什么还要向国王隐瞒自己的身份,还故意声音沙哑地讲话,你本来就是卡迪娜王妃啊!"植安奎更加费解了。

卡迪娜扬手扯下脸上的面纱,白纱缓缓坠落在地,一张极丑的脸在植安奎面前显露无遗。

植安奎错愕地盯着她空洞的双眼和粗糙的皮肤,硕大的黑斑几乎覆盖了整个额头,竟然有几分可怖。

"把你吓着了吧?这样的容貌,会有人相信我就是彩虹之穹尊贵的王妃吗?"卡迪娜见植安奎微怔一下,立刻自嘲地弯腰去捡面纱。

"我信！"植安奎快步过去拦住她的手，无比确信道，"你波浪般的长发跟夏薇薇的一模一样，你讲话的声音跟她的也很像。"

"谢谢你。"卡迪娜声音发颤，她伸手摸摸植安奎的脸颊，"十几年来，虽然我没有眼睛，可心里却十分敞亮。"她把手指压在胸口上，"用这里我可以看到一切，包括你们的容貌和性格，夏薇薇身边有你们相伴，我很欣慰。"

"夏薇薇笨手笨脚的，没有我她根本不行。"植安奎立刻扬起下巴，一脸臭屁地说道。

卡迪娜掩住唇角，暗自笑开来。

"不过话说回来，你的脸是怎么回事？虽然夏薇薇不比你好看多少，但你原本应该不是这样吧。"植安奎推测道。

"露娜抓住我后，用黑魔法改变了我的容貌。"卡迪娜淡淡地说道。

"那也太可恶了！"植安奎握紧拳头道。

卡迪娜没有应声，她扭头看了一眼屋子一角盛开的花朵，轻声道："迷雾曼陀罗真香，你愿意帮我一个忙吗？让我变回卡迪娜王妃的样子。"

"要怎么做？"植安奎略有些诧异。

"把迷雾曼陀罗的花汁敷在我的脸上，还需要你在小屋里帮我护法三日，同时施用红宝石光的魔法，这样我的脸就可以恢复到昔日容貌。"卡迪娜一边说，一边脚步轻盈地朝着屋角走去。

植安奎一脸狐疑地跟着走了过去，鲜红的丝状花瓣开在漆黑的夜里，无比妖娆魅惑。仔细闻着花朵馥郁的香味，他觉得脑子沉得厉害，视线也开始模糊。

突然，一只手掩住了他的鼻息，只听卡迪娜制止道："迷雾曼陀罗会迷惑人的心智，不要过多吸入它的花粉。"

经她提醒，植安奎立刻调整鼻息，抱怨道："这种妖花，你还把它敷在脸上，多危险啊！"

"红宝石光可以解毒,这就是我需要你的原因。希望你能帮我。"

植安奎凝神想了一会儿,他挑挑眉道:"除非你答应我一个条件,等你恢复了正常的容貌,一定要跟夏薇薇相认。"

卡迪娜王妃低头思忖了一会儿,答道:"好,我答应你。"

门外响起一阵鬼鬼祟祟的脚步声,正在朝着这个方向逼来,还带着一些杂音。

"虽然那个女人的饭做得很好吃,但是我敢肯定她是个妖怪。"屋外达文西压低了声音揣测道。

"我认为她是有苦衷的,她看起来并不坏。"善良的林沐夏不同意。

"她刚才肯定是在施展妖法,我们小声点,千万不要被她发现了。"达文西悄声道,脚步声越来越近。

"我觉得夜里偷看女性的房间不太好。"林沐夏还在迟疑。

"她不是一般的女子,她是妖怪,要我强调多少遍你才相信!"达文西音量变大,听得更加清楚了。

植安奎的脸都黑了,他看了一眼对面姿态坦然的卡迪娜王妃。那两个笨蛋就算要私下调查,至少也要做得隐蔽一点吧?闹出那么大的声响,屋子里的人都听得一清二楚!

"你朋友来了。"卡迪娜只是淡淡一笑。

植安奎听准达文西的脚步声,他转身一把打开门。

"啊——"达文西一把抱住身边的林沐夏,惊恐地尖声号叫起来。

"是植安奎。"林沐夏也惊了一下,不过教养良好的他是不会随便大呼小叫的。他注意到开门的人是植安奎,碰了一下身边的达文西,提醒道。

"超级厉害的大……大魔法师,你有没有搞错,我们两人好不容易潜伏到这里,你怎么不跟我们说一声就开门,太吓人了吧!"达文西立刻松开林沐夏,喋喋不休地抱怨起来。

"你们找我?"卡迪娜走到了门口。

"鬼啊！"达文西发出更加恐怖的尖叫声。

"对不起。"卡迪娜意识到自己忘了戴面纱，慌乱地低下头，用手掩住脸。

林沐夏的脸色也一片煞白，他没有想到卡迪娜的脸在夜里看着竟然如此恐怖，不过他还是强装镇定，勉强扯扯嘴角，笑道："我们只是路过。"

"这三天，我和卡迪娜王妃有重要的事情要做。所以拜托你们两位千万不要让外人靠近这幢小屋。"植安奎不想啰唆，直奔主题。

"可是夏薇薇呢？"达文西不敢看卡迪娜，他满心挂念的就是夏薇薇。

"她父亲把她带走了，我的话，请你们务必记牢！"植安奎语速极快地说完，就毫不犹豫地掩上门，把他们关在了门外。

林沐夏吃了一个闭门羹，无限哀怨地看了一眼达文西。

"哇，我其实一直很迷恋植安奎这种不讲理的霸道样子。放心吧，我会好好地保护这幢小屋的。"达文西十分自恋地摆摆手，向林沐夏使了一个眼色。

林沐夏沮丧地垂下头，在他印象里，达文西从来都没干过特别成功的事情。

第2章
逐梦紫色星球

🌸 植安奎扮起俏佳人
🌸 金毛仓鼠卡卡的眷恋

【出场人物】

达文西，林沐夏，卡迪娜王妃，植安奎，
卢玛尔，女巫大婶，金毛仓鼠卡卡

【特别道具】

太阳金马车

植安奎扮起俏佳人

达文西和林沐夏在小屋门口守了三个晚上，他们两个坐在一起，百无聊赖地抬头看着星星。

"我猜夏薇薇就是那颗最亮的星星，这几天不见，也不知道她想我了没有。"对天文一无所知的达文西指着星星哀怨道。

"呃……那是木星。"林沐夏顺着他的指向看去，满头黑线地纠正道。

达文西立刻斜着眼睛朝林沐夏看过去，一脸郁闷地摆摆手道："在我心中，夏薇薇比什么木星要耀眼一万倍。"

林沐夏觉得没必要跟达文西争下去，他抬起手腕看了一眼钻表，道："三天时间快到了，植安奎他们要出来了。"

"终于要出来了，这三天都快无聊疯了！"达文西拍拍屁股，解脱地站起身。

"嘎吱"一声，紧闭了三日的门被推开了。

一袭蓝裙的卡迪娜王妃走了出来。达文西不由得睁大双眼，嘴巴都合不拢了，结结巴巴地疑问道："你……你真是卡迪娜王妃？"

卡迪娜点点头。她戴着花冠的秀发倾泻在胸前，一袭蓝色美人鱼单肩长裙直拖在地面上；双唇殷红，细瓷般的肌肤雪白，虽然她紧闭着双眼，但却让人忍不住猜测：如果她睁开眼睛，天下万物岂不是要黯然失色？

"卡迪娜王妃，前几日我和达文西冒犯了您，希望您原谅。"林沐夏往前走了一步，他用西方宫廷的礼仪屈膝，吻了一下她的手背。

"我在演艺圈这么多年，从来没有遇见过像您这样美丽的女性，天啊！真是不枉我来这一回！"达文西已经开心坏了，抱着脑袋犯起了花痴。

"谢谢你们。"卡迪娜笑容温柔，话里却带着一丝担忧，"国王马上就会派人来带我回彩虹之穹，但是我实在不放心夏薇薇，我想让植安奎陪我一起去。"

面色苍白的植安奎从小木屋走了出来，三日来，他目睹卡迪娜王妃的容貌一点点恢复美丽，可是迷雾曼陀罗发出的强烈瘴气，绝对不可小觑，若不是红宝石光持续发力，他跟卡迪娜好几次险些在小屋里窒息而亡。

"我去。"植安奎点点头。他虽然疲惫，可想到夏薇薇不在眼前，心里就十分不安。况且白尼斯杜特尔兰国王的态度不明，卡迪娜和夏薇薇母女的安危也着实让人担忧，他必须到彩虹之穹探个究竟。

"渡鸦会的人认识你，因此你必须换个身份同我前去。"卡迪娜王妃提醒道，"最好不要用变身魔法，渡鸦会的人一定会识破的。可是换成什么呢？"卡迪娜皱眉苦思。

"这个交给我，想当年我培训艺人，临时救场化装可是我的大本事。给我半个小时，我保证植安奎会变成另一个人。"达文西灵机一动，热情地凑到植安奎身边毛遂自荐。

不一会儿，卡迪娜王妃和林沐夏就惊呆了。

小木屋中，一位金发美人立在妖艳的曼陀罗花丛旁。她身材高挑，一袭浅杏色长裙上缀满了粉色的水晶，低开的领口露出性感瘦削的锁骨；烫成小卷的金发，紧挨着她粉嘟嘟的脸颊；眼皮上涂了绚烂的紫色眼影，更加衬得美人双眼漆黑，神采飞扬。

这难道就是传说中的萝莉脸蛋魔鬼身材吗？

"啧啧，我果然拥有一双艺术家的手，植安奎经我手里可爱的化妆刷轻轻一擦，真是美呆了！连女人都要嫉妒！"达文西挥舞着手里的化妆刷，沾沾自喜道，"我达文西才不是一无是处呢！我成功把大魔王植安奎打扮成了人见人爱花见花开的无敌萝莉！"

"你刚刚说谁是大魔王？"萝莉美女一讲话就不可爱了，"她"目光阴森森地朝着达文西疾步走过去，嘴角浮起一抹威慑力十足的冷笑，"刚刚是谁说的要把我打扮成酷炫无比的御用保镖，为什么现在看起来像个白痴！"植安奎揪着脸颊旁的可爱卷发，强压着怒气质问道。

发怒的萝莉更加可爱了！

"啊哈哈……"达文西忍不住抖了几下，咧嘴讨好地笑道，"你要是打扮成卡迪娜王妃帅气的男保镖，小心眼的国王大人肯定要吃醋嘛！对不对？所以打扮成惹人怜爱的萝莉侍女才不会让人起疑，而且一旦你遇到危险，只需要对着渡鸦会那帮老头子卖卖萌，他们肯定不会为难你的。"达文西扭着屁股，不断做出卡哇伊的姿势，卖力地教植安奎装无辜。

握住达文西领口的拳头青筋暴露，植安奎咬牙切齿道："你再扭一下屁股试试！"

"其实达文西说的有道理，你这样会比较安全。"林沐夏见植安奎的脸更加臭了，连忙走过来给达文西解围。

"植安奎好可爱哟，让人有种想抱在怀里使劲捏捏的感觉，好久没见过这么漂亮的女生了。"一袭蓝裙的卡迪娜王妃头顶飘着一大堆桃心，双手捧着脸颊笑眯眯道。

植安奎顿时一脸错愕，抓住达文西的手臂也一点点松开，原来王妃竟然是萝莉控。

"约定期限已到，我们来接卡迪娜王妃。"渡鸦会成员之一金发少年卢玛尔忽然走进小木屋。他金色的眸子目光锐利，脸上的棱角更加深邃分明。他身后跟着身穿黑色魔法袍的渡鸦会其他成员。

植安奎愣了下，没想到昔日的对手加朋友，如今竟成熟到快要认不出了。卢玛尔对于魔法的痴迷程度不亚于达文西对女装的崇拜，他加入渡鸦会后功力迅速提升，竟然已经可以独当一面来接卡迪娜王妃了。站在某种角度，植安奎也隐约感觉到摩卡拉正有意培养卢玛尔。这样也好，反正他是不会接替渡鸦会首领的位置的。

"我跟你们走。"卡迪娜微微颔首，朝着卢玛尔走去。

"等——"植安奎的"一下"还没说出口，就被忽然跃起的达文西捂住了嘴巴。他将一头雾水的植安奎猛地揽入怀中，无限悲伤地叮咛道："呜呜，莉丝，到了彩虹之穹，你一定要好好侍奉卡迪娜王妃，汤要弄温了再送过去，鱼刺要挑好了才能给王妃吃，冷时记得给王妃加衣，热时记得给王妃扇扇子。女儿，虽然你生来就是个哑巴，可爹地我辛苦培养你一场，你千万不要给我丢脸啊……啊。"达文西越说越悲痛，哭天抹泪道。

正准备对达文西破口大骂的植安奎在听到"哑巴"二字时，无限幽怨地把呼之欲出的话语咽了下去。

达文西泪眼婆娑，可怀里的植安奎相当暴怒，浑身僵硬，拳头握得"咯咯"直响。若不是渡鸦会成员在此，达文西恐怕早就被植安奎猛揍一顿了。

"她是我的侍女莉丝，照顾我的一切饮食起居，我想一并带上她。"卡迪娜见达文西拼命向她挤眼，连忙把满脸黑雾的植安奎扯到身边，对卢玛尔解释。

卢玛尔立刻睁大眼睛，围着植安奎转了一圈，四目相对的一刹，他感到一种似曾相识的亲切感。罢了罢了，看来他跟莉丝有缘，"嗯"了一声道："既然是卡迪娜王妃的贴身侍女，带上也无妨。只是莉丝，到了彩虹之穹你一定要守规矩，否则休怪我们不客气！"

植安奎的怒火被点燃，他冒着熊熊火光的双眼瞪着卢玛尔，碍于是"哑巴"无法发声，只能在心里连声怒骂：卢玛尔你这个手下败将，今日竟然对我耀武扬威，等我变回本人一定要统统讨回来。

"眼睛看到别处去。"卢玛尔被莉丝盯得浑身发毛，勾勾手指要莉丝看向别处。

太过分了，想看哪里是他的自由，竟然连这个都要管。

植安奎的牙齿发出"咯吱咯吱"的声音，他一定要给卢玛尔一个厉害瞧瞧。

"女儿！你要早去早回！"植安奎的力气还没有发出，就被痛哭的达文西一把抱住，鼻涕眼泪全部揩在了他身上。

好恶心！一向霸道的植安奎无法开口赶人，快要憋疯了。

"不要啰唆，我们赶时间！"卢玛尔丝毫不为即将分离的父女情所动，吩咐道。

接着他走到卡迪娜王妃面前，欠身诚惶诚恐道："国王特意让您乘坐他的太阳金马车到彩虹之穹，请您入座。"

伴随着天马的嘶鸣声，一辆精雕细琢的纯金马车停在了卡迪娜王妃面前。四匹纯白的天马体格骁健，扇动着巨大的羽翅，踏起阵阵尘土。金色的銮铃叮当脆响，煞是好听。

植安奎微愣了一下，如此看来，白尼斯杜特尔兰国王对卡迪娜还是有情分的。

"莉丝。"卡迪娜登上马车，转头叫了一声微怔的植安奎，示意他跟上来。

植安奎浑身立刻起了一层鸡皮疙瘩，很不自然地登上马车。莉丝这个名字真让他抓狂。

"女儿，千万不要给爹地丢脸！"达文西靠着一脸尴尬的林沐夏，夸张地挥着手帕送别。

植安奎冒火地瞪过去，达文西要是再冒充他爸爸，就等着提头来见吧。

铃铛"丁零"响起，植安奎甚至没感到马车的震动，身子微微往后一倾，马车便朝着天空轻盈地飞去。

风拂过云织的窗帘，细细的云丝飘入车内，隐约可见东方天幕上耀眼的金乌，迸发出万道光芒，看得植安奎都有些痴了。

卡迪娜王妃纤手轻抚过柔软的金丝坐垫，深情款款的脸上唇角微颤，指尖划着回忆和眷恋。曾经她还是云哆亚星球的守护女神，远远瞥见一辆四匹天马驾驭的金马车飞腾而来，身后跟着好几对穿着黑袍的魔法师。她从来没有见过这样的派头，不由得惊呆了。就在这时，马车突然停在了她的身边，一片白色的羽毛缓缓落在她的脚边，她连忙往后退了一步，生怕踩着它。轿帘被掀开，一只带着翡翠扳指、骨节分明的手显在她眼前，车内声音愉悦："可愿意与我同游苍穹？"

她那时心里一阵怦然，甚至没看清楚邀她的人是谁，就如同中了魔障般战战兢兢地登上了马车。那日遨游自由自在，她第一次无拘无束地把彩虹之穹看了个遍，脸上的笑容单纯清丽。她身边坐着一身紫色便服的男子，面如美玉，眉眼带笑，时不时刻意地看她几眼。

男子把她送回云哆亚后，再无音信。她还为这事惆怅了很久，又不明白为何惆怅。终有一天，彩虹之穹的一道诏书宣布皇子要娶她，竟然是一身宫廷盛装的白尼斯杜特尔兰皇子殿下。他褪了便服，穿得极为正式奢华，贵气十足仿佛来自梦里。

他见她一脸震惊，依旧眉眼带笑："既然同游了苍穹，你便从了我吧。"

她被他大胆的邀请吓了一大跳，然后莫名其妙地点头。这头一点，什么事都由不得她了。大胆不羁的白尼斯杜特尔兰皇子将她拦腰抱起，在地上连转了几圈，桀骜不驯的笑声响彻天界。卡迪娜却脸红心跳，埋在他怀里羞得不敢看人。

想想如今，卡迪娜不由得一阵苦笑，她跟他都快要成路人了。

植安奎有些奇怪地看着卡迪娜忽喜忽悲的神情，可惜他不能开口打听。

"侍女不能坐在太阳金马车上，快站起来。"卢玛尔探入半个脑袋，一脸没好气地对植安奎命令道。

"座位都空着，让莉丝坐下吧。"卡迪娜王妃晃了个神，忙劝道。

卢玛尔一脸狐疑地朝王妃看去，低声道："王妃难道忘记了彩虹之穹的规矩吗？非皇室成员不能入座。"他目光中透着几分怀疑，语气尖厉。

卡迪娜只好闭口不言，心情沉重极了。想当年皇子白尼斯杜特尔兰驾着马车游遍苍穹，邀请她时更是只字未提"非皇室不能入座"的事，现如今怎么事情都改变了？那他呢？也变了吗？卡迪娜不由得心底一寒，惊惧起来。

"咯吱咯吱……"

植安奎的拳头紧紧握住，他瞪着卢玛尔看了半晌，终于不情不愿地站起身来。

卢玛尔这才满意地缩回脑袋。

金毛仓鼠卡卡的眷恋

太阳金马车一路飞驰。

彩虹之穹的大门逐渐开启,一位初级魔法师候在那里,牵住天马,拴在了金色的橛子上。

"卡迪娜王妃,到了。"卢玛尔在车外催。

"莉丝,麻烦你扶着我吧。"卡迪娜略带歉意地看了一眼植安奎,"彩虹之穹"规矩太多,侍女若不毕恭毕敬,会令人起疑。

植安奎乖乖接过卡迪娜王妃递过来的手,扶着她往车外走。

刚刚掀开轿帘,就看见胖胖的女巫大婶立在眼前,苍老的眼睛里充满期待。

"王妃,老奴……老奴来接您了。"女巫大婶看了一眼缓缓下车的卡迪娜,布满皱纹的手指来回绞着,眼圈红了。

植安奎感到卡迪娜的手骤然一抖,她顿了下,才终于露出一抹笑,颤音道:"啊,这十几年来你过得可好?"

"好，好。"女巫大婶连连点头，脸上的表情不知是哭是笑，她见卡迪娜双眼紧闭，哀道，"只是您为何不睁开眼睛看看老奴？"

"你看我的模样变了吗？是不是跟以前一样好看？"卡迪娜长睫毛微颤，秀手衬着脸颊，脸上漾起一抹娇羞。

"王妃是世间最美的。"女巫大婶声音发颤，连连赞道。

植安奎看这分别了十多载的主仆二人相见甚悲，又不想当电灯泡，环顾四周，一片高墙林立。他的心越过幢幢城堡，琢磨着夏薇薇到底在哪儿呢。按理说，卡迪娜王妃回来，她应该亲自来接的。

"莉丝，我随她去一趟，你在这里等我。"卡迪娜王妃松开他的手，转而握住了女巫大婶的手。

植安奎点点头，正好有时间去找夏薇薇。

他目送卡迪娜蓝色的身影消失在奶白色的雾霭中，卢玛尔也撤去了。植安奎杵在原地实在尴尬无聊，瞥了一眼身边看马的初级魔法师，心里突然有了想法，蹭过去故意娇滴滴道："人家初来彩虹之穹，很早以前就听说夏薇薇公主才艺无双，却没机会见识，不知公主何时才会出闺楼，我们也有机会目睹下她的风采。"

"呵，你趁早死了这条心吧，别说是你，连我都不曾看见过公主殿下。"看马魔法师一脸不悦，不过注意到植安奎的不凡美貌时，眼神还是不由自主地停在了他身上，有些看呆了。

植安奎碰了钉子，心情大为不爽，不过也证实了他的想法，初级魔法师难以猜透他的变声魔法。而且，果然英雄难过美人关。

植安奎咬咬牙，干脆往前走一步，更加靠近看马魔法师，脸上摆出一抹娇羞笑容："那公主好看还是我好看呢？"

看马魔法师的脸一红，支吾道："我没见过公主，光看你，是美得很。不过要是见了公主，想必是她更美些。"

植安奎被他弄得哭笑不得，趁热打铁道："那公主的闺楼是哪个方向？你带我去瞧瞧。"

看马魔法师愣了下,他神秘兮兮地指了指东边的方向,小声叮嘱道:"据说公主那里有一只神兽日夜守护,你可要小心啊。"

植安奎暗笑了下,估计又是夏薇薇糊弄人的。他拔腿就要走,袖子却被看马魔法师扯住了。看马魔法师脸色绯红,不好意思道:"我还不知道姑娘芳名。"

植安奎见他动了心思,心里忍不住想作呕,干脆用纯阳刚的男声一脸凶悍道:"放开!"

果然看马魔法师瞬间被他一语惊得如木雕石刻,嘴巴半天合不拢。

植安奎冷哼一声,六根不清净的魔法师很难成大器,怪不得要做个看马倌呢!

他一路往东走,陆陆续续遇见了很多魔法极强的人,又不敢张扬,一直垂着头。大家也只把他当弱女子,根本不放在眼里。

微凉的风送来阵阵蔷薇花香,植安奎不由得心头一震,他循着香气,毫不犹豫地往前走去。一座长满红色蔷薇花藤的城堡映入眼帘,这里应该就是夏薇薇的宫殿了。

他警觉地靠着古老的城墙,在遍布魔法高人的彩虹之穹,还是踏踏实实地走路更加避人耳目。

他刚刚绕过一座蔷薇花架,就看见盛装的夏薇薇坐在藤蔓编的秋千上,一脸惆怅地低头冥思。秋千被风来回送着,看起来十分悠闲自在。

"夏……"植安奎见四下没人,立刻疾步朝她走过去。然而还没走几步,后衣领忽然被一道强力拽住,将他毫无预兆地往后一个翻摔。

紧接着是雷霆般震响的嘶吼声,一只巨大的金毛爪子准确地压住了他的前胸,几乎让他窒息。

植安奎痛得浑身都要散架了,他咬紧牙关,睁眼恰好对上巨兽猩红的双目,顿时吓了一跳。暗忖那看马魔法师说的是实话,有强大的巨兽守着夏薇薇,谁都无法靠近她。

"又有人来偷窥吗?我又不是让人赏玩的物件,真是放肆。"夏薇薇双腿往地上一蹬，秋千就"嘎吱嘎吱"地晃动起来。她一直在人间游历，这次回天界，总有些不相干的人来烦她。而她每日追着爸爸问关于妈妈的事情，爸爸又支支吾吾不肯正面回答她，心里就更加烦躁了。

"我是植安……"植安奎简直气疯了，夏薇薇竟然兀自玩她的秋千，也不来解围。可是他刚刚开口，压在他前胸的巨爪立刻覆在了他的唇上，他的话就变成了一阵含糊不清的呜咽。

"把他丢下天界，罚扫茅厕去。"夏薇薇看都没看来者何人，从秋千上滑下来，干脆利索地拍拍手掌，吩咐道。

巨兽顿时眯起眼睛，目光中闪着狡诈的光芒，鼻端发出哼哧哼哧的声音，正欲用大嘴衔住植安奎。

植安奎借机猛地翻身，躲过一劫。

"女人，你也不看看是谁来了！"植安奎趴在地上，急剧喘息怒道。

"慢着！"夏薇薇听出了植安奎的声音，心头一喜，立刻奔到他面前，细细打量了一番，小脸顿时气得通红，气咻咻道："卡卡，她竟然敢冒充我的好朋友，赶紧吃了她。"

"我说了我是植安奎，若不是不能擅自用魔法，我早就把这头妖兽打趴下了。"植安奎更加愤怒了，他从地上爬起来，只差脱衣服验明正身了。

夏薇薇愣了下，看她的姿态和口气，跟植安奎真是一模一样。"那……这个是假的？"她疑惑地踮脚扯了扯植安奎头上的金色萝莉假发。"啪"的一声，假发落在地上。

植安奎低头瞧了一眼假发，脸色更难看了。

夏薇薇盯着他阴沉的脸色看了一会儿，又看看卡卡在他胸前印的灰白掌印，再也忍不住捧腹大笑起来。

"达文西的主意？"夏薇薇笑够了，才挑眉看着植安奎问。

植安奎冷冷地别过脸，气得没理她。

"戴上戴上，连我都被忽悠过去了，其他人肯定认不出你。"夏薇薇弯腰把假发捡起，饶有意味地重新戴在植安奎头上。话语一转，问："你怎么来了？卡迪娜王妃呢？"

"被女巫大婶接走了，说是要单独去见国王。"植安奎没好气道。

"果然是你，把野栗恩殿下还回来！"神兽卡卡见植安奎头上假发脱落，瞳孔一缩，双眼立刻变得猩红，猛地跃起身，咆哮着扑到了植安奎身上。

夏薇薇惊恐地尖叫起来："卡卡，不要放肆，他是我的朋友！"

"是你们将野栗恩推下冰崖，你们凭什么决定她的生死，以为没人守护她吗？"巨兽目眦尽裂，嘶吼道。

"你是……"植安奎不由愕然，卡卡既然是天界神兽，怎么会跟野栗恩扯上关系。

卡卡不由分说，亮出尖利的爪子向植安奎猛刺去。

"不要再打了！"宫殿外响起苍老有力的喝止声。女巫大婶挥舞着魔杖，对着卡卡用力一扫，巨兽扑腾一下翻倒在地上。

植安奎借机站起身，他被卡卡三番五次扑倒在地，身上的裙装早已狼狈不堪。

"夏薇薇殿下，卡迪娜王妃被秘密送到云哆亚星球去了，我怕会有危险，你们要快些想想办法去救她。"女巫大婶一脸焦灼，语气很急道，"我不能在这里久留，给你们偷偷报个信，这就要回去了。孩子，卡迪娜王妃是爱你的。"女巫大婶的眼角湿了，她快步向前抱住夏薇薇，为难地看了他们一眼，急急地往外退去。

"不好。"植安奎低声叹了一句，他记得云哆亚星球上的恶魔公主露娜刻意为难卡迪娜，甚至还用黑魔法改变了她的容貌，限制她的自由。

"我们要怎么去云哆亚？女巫大婶说妈妈会有危险，我们该怎么办？"夏薇薇抓住植安奎的衣襟，手足无措道。

"通往云哆亚星球要开启'时光之门'，我可以带你们去。"巨大的金毛鼠从地上滚爬起来，喘气道。

"谢谢你了。"夏薇薇总算松了一口气。

"不过你要以身上的幽水冰蓝珠作为交换,这世界上从来都没有白干的事。"卡卡压低大脑袋,低沉的声音充满威慑力。

夏薇薇惊了一下,手指下意识地触到胸口跳跃的冰蓝珠子,那是冰山上的银狐大人耗尽毕生修行,给她镇压毒素用的,如果给了卡卡,那她岂不是要毒发身亡。

"我们想别的办法。"植安奎愤怒地瞪了一眼卡卡,目光极冷,拉起夏薇薇转身就要往城堡外走。他此生最恨有人打夏薇薇的主意。

"卡卡,你为什么要那颗珠子?"夏薇薇怔了怔,她就是想问问,卡卡这几日陪在她身边,就是为了谋她身上的珠子吗?

"夏薇薇殿下,你自出生就有人疼有人怜,你有没有想过这世界上有跟你一样的人,从小到大却没受过半点宠爱。"卡卡的眼底涌起一股暗流,它前爪着地,低声咆哮,"你没了那颗珠子,有仙法护体,暂时也无大碍。可是她不能没有!"

"我们不用跟它纠缠,走!"植安奎听不下去了。他拉住她,快步往城堡门口走去。

夏薇薇的心沉沉的,她正苦于妈妈的事情,还拖着一副病体,怎么卡卡就跟她计较起来了呢?忽然,野栗恩三个字在脑海中浮现,莫非卡卡嘴里那个没人疼的人,就是野栗恩吗?

"你是什么人?!要私劫公主去哪里?!"植安奎和夏薇薇刚刚奔到城堡门口,就看见黑压压的一群魔法师拦在门外,手里的魔法棒发出准备战斗的嗞嗞声。

"本公主要出城堡散心,你们挡在这里做什么?"夏薇薇往前走了一步,漂亮的眸子燃起怒火。

"公主殿下,闲杂人等不能闯入公主的城堡。公主要散心,我们跟着也好保护殿下的安全。"卢玛尔对着夏薇薇欠身,并用戒备的目光扫了一眼植安奎。

"你们是在监视我吗？"夏薇薇简直气疯了，她从来没有受过这样的委屈，怒道，"我想去哪儿是你们可以拦得住的吗？"

夏薇薇甩开衣袖，握在手里的蔷薇魔杖的光芒渐盛，朵朵闪着紫红色光芒的花瓣朝着卢玛尔射去，道道凌厉。

卢玛尔的身影敏捷一闪，灵活的手指迅速舞动魔法棒，蔷薇花瓣就被掀起的气流挡住，慢慢化成一片粉色星星沙，隐在了空气里。

夏薇薇顿时脸色苍白，她咬紧牙关，命令道："我现在要去见国王，你们统统给我让开！"

植安奎默声站在一旁，论实力，她根本就不是渡鸦会成员的对手，而他要是贸然出手，只会打草惊蛇，到时恐怕更加难以脱身了。

"白尼斯杜特尔兰国王有令，公主要见谁都由我们护送。至于她，未经允许偷偷闯入殿下的城堡，当然要受到惩罚！"卢玛尔手里的金色魔杖发出刺眼的光芒，对着植安奎击了过去。

"你们不许碰他！"夏薇薇吃了一惊，下意识地跑到植安奎身前就要帮他挡。

"你疯了？！"植安奎怀里的红宝石正蓄势待发，万万没想到夏薇薇竟然如此护着他，心里微微一颤，植安奎连忙收起红宝石，从后面环腰将夏薇薇紧紧抱住，有力的长腿在地上用力一弹，身子便跃至半空中。

卢玛尔的魔法光芒恰好击中了站在植安奎身后低声咆哮的卡卡，几缕漂亮的金色毛发被割裂在空中。

"你们竟然敢攻击神兽？！"卡卡龇牙咧嘴地咆哮，地面跟着颤抖起来。

卢玛尔的目光中掠过一丝慌乱，随即镇定下来，欠身解释道："刚刚是我大意，希望神兽原谅。"

"偏偏我小心眼不会原谅人，你刚刚见公主挡在人前，竟然不收回魔法光，到底是何居心？"卡卡气势汹汹地往前逼近。

植安奎在空中没有着力点，他瞥见粉色城堡上一座正在射箭的安琪儿塑像，猛地凝出一道冰链，捆在了塑像身上，揽着夏薇薇用力朝前飞移。

"入侵者竟然会渡鸦会的冰之魔法！"底下有魔法师惊诧的声音。

卢玛尔抬头看着悬在半空中的透明冰链，浓眉顿时拧紧，那样精湛的驭冰术，除了摩卡拉亲自培养的魔法师植安奎，再没有别人了。一时间，他心里百味陈杂，竟然不由得愣了愣神。一直以来他都把植安奎视为对手，佩服他的重情重义，有所担当；也妒恨他如此受老师的青睐和器重，却不顾一切地将渡鸦会继承人的身份拒之门外。

"看来是背叛渡鸦会的人，该怎么办？"耳边传来其他魔法师质疑的声音，卢玛尔这才回过神，挥舞着魔法棒咬牙命令道："抓住他！小心不要伤了公主。"

他现在是忠于皇室的渡鸦会成员，国王下的密令，他会不顾私人感情认真执行。

植安奎和夏薇薇眼看就可以逃到屋顶上了，不想几十道耀眼的魔法光芒一齐朝冰链射来。"咔嚓"一声，寒冰受到强攻，断裂开来。两人身体急剧往下坠，夏薇薇惊恐地闭上眼睛，一把搂住植安奎的脖子。这么高掉下去，他们不死也残。

"你们攻击我一次，我大人有大量不计较了，要是再敢胡来，就别怪我不客气了。"卡卡大声咆哮着，蔷薇花圃被它的利爪毁得一片凌乱。它猛地弹起身体，稳稳地接住了坠落的两人，身体凌空往前一跃，朝着一片蓝天白云飞去。

"追吗？"其他魔法师见两人逃逸，急问卢玛尔。

"不了。"他摆手，闭眼轻叹一口气，从此他再也不欠植安奎任何人情了。

夏薇薇惊魂甫定地趴在卡卡厚实的毛发间，粉色的云团被冲散，幻化成各种形状，纷纷往后退去。

"他们没追过来吧？"夏薇薇紧张地扭头往后看去。

植安奎一脸若有所思的神情，被夏薇薇打断，才晃过神来看着她。

卢玛尔估计已经认出他了，但依旧放他一条生路。只是这事以后，他们恐怕再也没办法当朋友了。植安奎心里不免有些遗憾。

"你想什么呢？"夏薇薇问。

"没什么。"他敷衍道，见夏薇薇坐姿不稳，没好气道："这可不是你们家的太阳金马车，小心掉下去。"

"你是在怀疑我的飞行技术吗？"卡卡当即怒了，猛地三百六十度凌空一翻。

"啊——"

"啊——"

伴随着两声惨叫，植安奎和夏薇薇就毫无预兆地倒栽下去。

卡卡身体往下一转，再次稳稳接住他们，嚣张道："最好乖乖的，不要乱讲话。"

植安奎和夏薇薇只好一语不发，浑身紧张地贴坐在它背上，以免它心情不好，再次把他们丢下去。

第3章
真假王妃的未解之谜

🔔 悬浮的空中花园
　　🔔 魔镜之梦魇

【出场人物】

金毛仓鼠卡卡，夏薇薇，植安奎，卡迪娜王妃，
日尼斯杜尔兰国王，恶魔公主露娜

【特别道具】

时光之门

悬浮的空中花园

卡卡飞得又稳又快，距离云哆亚星球的"时光之门"越来越近，夏薇薇的心里惴惴不安，见到妈妈她该说些什么呢？

忽然，头顶传来天马的嘶鸣声。

夏薇薇抬头看去，阳光中，四匹洁白绚烂的天马拉动太阳金马车呼啸而过。

"你爸爸跟来做什么？"植安奎也注意到了太阳金马车，竟然跟他们一个方向，也是前往云哆亚星球的。

卡卡迅速把身子往下一潜，藏到了一朵厚云下。

"卡卡，你不要这么没骨气，害怕吗？"植安奎略带鄙夷道。

"在天上没有人敢跟太阳金马车争辉，如果我被国王发现，你们又有什么好处？"卡卡不屑道。

"你们不要吵，看那边！"夏薇薇吃惊地指着不远处一道绚丽的紫色旋涡，正一点点吞噬太阳金马车。不一会儿，马车就消失了，紫色的旋涡也逐渐变淡,几乎看不见了。

"少见多怪,那就是'时光之门'。"卡卡冲出云层,迅速飞到旋涡处。一道无形的强力逆推过来,卡卡身上的金毛骤然扬起,差点没把他们震落下去。

"怎么会有强烈的迷雾曼陀罗香?!"卡卡吸吸鼻子,身体猛地震了下。

植安奎脸上掠过一丝疑虑,他记得帮卡迪娜王妃复原容貌时用的就是迷雾曼陀罗,花香妖冶馥郁,可没想到卡卡的嗅觉竟然如此灵敏,三日后都能闻到香味。

"迷雾曼陀罗又是什么?"夏薇薇一脸纳罕。

"这种花噬人容貌,是一种早已失传的黑魔法,毒性极强。现在这花正寄托在人身上,魔力发挥到最强,携花的人恐怕危在旦夕了。"卡卡低声道。

"难道卡迪娜王妃她……"植安奎的心剧烈一颤,话哽在咽喉。他抱歉地看了一眼夏薇薇,"戴着面纱的斯卡汀娜就是你妈妈,她用迷雾曼陀罗改变了容貌,是真正的卡迪娜王妃。易容时,是我用红宝石魔法在一旁助她。"

西天夕阳渐垂,天边一片绚烂的橘红,如同大火燎原。

"怪不得,你魔法那么强,想必能感觉到花朵的不祥吧,怎么都不劝劝她?现在太阳已落山,晚了。"卡卡在一旁说风凉话。

"你混账!"夏薇薇身体剧烈地抖了一下,咬紧牙关,扬起手臂打了植安奎一巴掌,"你怎么可以害她?!"这句话刚说出口,夏薇薇的眼角便湿了。她恨妈妈用黑魔法做的傻事,又恨自己明明知道她就是妈妈,却嫌弃她、不见她。可是一旦想到她危在旦夕,心里就揪着疼。

植安奎直接被夏薇薇打懵了,捂着火辣辣的脸难以置信地望着她。他做这件事又不是故意的,夏薇薇未免太过激了。

"太阳还没有下山,卡卡,现在就带我去云哆亚,我要见她一面!"

夏薇薇俯身倔强地抓紧卡卡脊后的金色毛发，瞥了一眼落了一半的太阳，小脸冷静得出奇。

"你还记得我提的条件吧，除非给我幽水冰蓝珠，否则我是不会开启'时光之门'的。"卡卡干脆往厚云上轻轻一浮，赖在原地不动了。

"我给！"夏薇薇几乎没犹豫，满口答应。

"女人，你凭什么把大家辛苦给你争来的生命随便送人？！"植安奎本来还气夏薇薇，可见她这么毫不在乎地把安身立命的珠子允诺送人，当即气疯了。

夏薇薇满是眼泪的黑眸颤了下，唇角哆嗦着，最终憋出低低的几个字："可她是我妈妈。"

植安奎愣愣地看着她忽然变得极为软弱的表情，一时间竟然不知该说些什么，气不起来，又心疼得要命。

身下传来卡卡高声嘶吼的声音，它硕大的身体像是陷入了狂飙的风穴中，昏天暗地地旋转着。

"让我借助于云哆亚守护者卡迪娜王妃的力量与神圣契约，开启'时光之门'！"震天动地的吼声过后，旋涡逐渐归于平静，一道道紫色涟漪在夏薇薇和植安奎的身边漾开来，美不胜收。

植安奎暗自惊叹，没有想到云哆亚星球竟然如此富有灵气。可紫色涟漪刚刚散去，一阵夹着风沙的烈风便扑了过来。

"呸呸。"夏薇薇喝了两口沙土，用手扇着空气吐着。

俯瞰下去，地面上一片黄褐色，滚滚黄沙不断朝着稀有的树林和绿洲围去，鸟兽惊恐地四散开来。不少骑着丑陋野兽的铠甲武士扯着一张大网，将失控乱闯乱撞的动物们困在网中，强行塞入一辆黑色的钢铁囚车里，挣扎的动物不断发出痛苦的呻吟声。更加残忍的是，武士们嫌幼崽们拖累，直接挥刀将它们劈为两半，弃在荒原里。

"他们是在干什么？"夏薇薇吃了一惊。

"不是你们能管的事。"卡卡十分冷漠地回应道，身体一旋，朝着更高的天际飞去。

一层灰云遮住了夏薇薇的视线,那些动物惨遭屠戮,她心里沉甸甸的。

植安奎一路沉默。

卡卡灵巧地绕开一朵蘑菇云,眼前骤然明亮起来。

一座高悬在半空中的花园城堡突然映入眼帘,白色洛可可的海波墙面延展开来,纯金打造的金箔雕花奢华艳丽,不断有清凉的水珠从哥特式的房顶滴落,空气湿润怡人。

"迷雾曼陀罗花香味越来越浓了,卡迪娜王妃就在里面!"卡卡身体一跃,驮着他们穿过水幕,缓缓落在花园中央。

园子四周的大理石墙透着深褐色的纹理,水汽氤氲在上面,十分清爽。

夏薇薇从卡卡背上滑下来,只觉得脚下轻飘飘的,双眼发晕,差点要跌倒。

"小心点。"植安奎过来扶住她,眼神略带嗔怪。

"你最好打起精神来,等你处理完卡迪娜王妃的事,我要来找你讨珠子。"卡卡不屑地瞟了一眼夏薇薇,巨大的身体忽然笼罩着一团金光,最后缩成了一只肥嘟嘟的小仓鼠,机灵的黑眼珠滴溜溜转了几圈,夹着尾巴哧溜一下隐在了花丛中。

植安奎诧异地看着眼前的一幕,忍不住小声嘀咕道:"早知道它是只小仓鼠,就不跟它客气了。"

这话刚刚出口,花园里的薄土顿时剧烈膨胀起来,土块簌簌落下,金光下盛怒的卡卡喘着粗气,双眼冒火地咆哮道:"现在要跟我客气吗?"

植安奎睁大眼睛盯着突然出现的卡卡,头发被它呼出的气流吹得竖起来,顿时愣在原地。

"还不快走!"夏薇薇见状,连忙过来扯住他。两人刚想逃走,颈后的衣领却被卡卡提了起来,脚不挨地地悬在半空中。

"植安奎不是故意的，神兽你大人有大量，不要跟他计较。"夏薇薇挣扎着，急得满头大汗。

"听着！"卡卡的呼吸像风一样疾劲，"进了城堡后往右拐第三个石门，卡迪娜王妃就在那里。赶紧去吧！"卡卡的话刚刚说完，夏薇薇和植安奎就被毫不留情地丢在了地上。

夏薇薇捂着被摔痛的屁股，半带哀怨地扭头看了一眼神兽卡卡，它对她可真是一点不怜香惜玉啊！

植安奎和夏薇薇两人蹑手蹑脚地朝着花园中央的城堡走去，他们刚刚靠近古铜色的大门，一阵凌乱不安的马蹄声忽然响起。

夏薇薇吓得浑身一抖，她迅速循声看去，只见大门后的马厩里赫然露出几缕白色的羽毛。

太阳金马车！

夏薇薇三步并作两步，抱着为首的白色天马的头，手指摩挲着它的颈项，在它耳边轻声安慰道："别怕，是我。"

植安奎在一旁默默看着夏薇薇温柔的表情，忽然心头一动，感觉怪怪的。

"太阳要下山了，你再磨蹭时间就来不及了。"他没来由地对着夏薇薇嚷道，刚刚别样的情绪才逐渐变淡了。

"乖。"夏薇薇丝毫不以为意，她笑眯眯地拍拍已经安静下来的天马道，"如果我今天成功带走妈妈，爸爸乘车来追，你一定要跑慢点。我们商量好了，谁都不许反悔。"她说完，蹲下去将手指压在银白色的马蹄上，笑容璀璨。

"跟马有什么好说的。"植安奎很不配合地撇撇嘴。

天马听了，立刻对着植安奎打了一个响鼻，喷了他一身口水。

"你信不信我找机会把你烤熟吃了！"植安奎暴怒地看着满身的唾沫星子，跳起脚来。

夏薇薇白了他一眼，从来没见过跟动物这么不投缘的人。

两人偷偷潜入城堡的走廊。奇怪的是，走廊里竟然没有一个护卫。

植安奎把夏薇薇挡在身后，自己走在前面，锐利的目光警惕地看着四周。

一，二，三……

他们停在卡卡说的第三个石门前，把耳朵贴在门上听了一会儿，里面静悄悄的。

"嘎吱"一声，夏薇薇用手轻轻一推，门竟然开了一半。

夏薇薇与植安奎眼神诡异地看了彼此一眼，云哆亚城堡的戒备竟然这么松懈！

"你总算来了。"屋子里传来卡迪娜王妃微颤的声音。

夏薇薇的小心脏立刻提到了嗓子眼，原来她妈妈早就知道她躲在门外。

植安奎下意识地抓住她的手，用眼神示意她大胆面对。

屋子里沉寂了几秒钟，夏薇薇鼓起勇气正准备抬脚进去。

"把面纱摘下来。"冷冷的声音骤然响起。

夏薇薇的心咯噔了一下，刚刚说话的人竟然是爸爸。就连植安奎都吃了一惊。

"我特意化好了妆，就跟你当年初见我时一个模样，连女巫大婶都连声赞我。"卡迪娜王妃的声音透着一抹喜色，接着是裙裾摩挲的声音。

"你别过来！"白尼斯杜特尔兰国王强烈拒绝道。

又是一片令人窒息的沉寂，好久才听到一声压抑的低吼："你的眼睛呢？！"

"十几年前我把一双眼睛给了鲛人做泉眼，后来又用仙力凝了一双眼睛，可惜……可惜我想回天庭时，你的魔法棒之光恰好击在我身上，那双眼睛便碎了。现在我没了眼睛，你嫌弃吗？"卡迪娜的声音如泣如诉，"我本以为你不会再来见我，彩虹之穹怎么会要一个没有眼睛的王妃呢？可你来了。"

夏薇薇听到妈妈的哭泣声，心里一酸，跌跌撞撞地跑入屋中。只见妈妈把头轻放在爸爸肩头，哭得双肩微颤。

她的心忽然一阵激动，肩头上那张绝色的脸，不正是爸爸压在枕下照片里的人吗？她幻想了无数次全家团聚的愿望，在这一刻忽然实现了。夏薇薇嘴唇哆嗦了几下，呆呆地看着面前的父母，眼角滚下泪水。

白尼斯杜特尔兰国王听到了脚步声，恍然扭头看去，湿润的眸子跟夏薇薇四目相对，他的脸色瞬间变得苍白。

"你用了妖术？"国王像是嗅到了什么，他一把推开身边的卡迪娜王妃，面色陡然一凛。

"爸爸你干什么？！"夏薇薇见妈妈跌坐在地，连忙弯腰去扶她。

"她不是你妈妈，她是鲛人王妃斯卡汀娜，只是用了剧毒的迷雾曼陀罗花改变了容貌，想要欺骗我们！"发怒的国王一把拉起夏薇薇，指着卡迪娜道："你不要再假惺惺了。你以为我闻不到你身上的气味吗？斯卡汀娜，把卡迪娜交出来！"

"爸爸，你松手！"夏薇薇挣扎着。她看着匍匐在地上可怜的妈妈，心痛极了，"斯卡汀娜就是卡迪娜王妃，就是我妈妈。你到底懂不懂，她用曼陀罗花恢复容貌是为了把最漂亮的一面展示给你看啊！"夏薇薇呜咽着说完，可是爸爸丝毫没有松开她的意思。

"这是大人的事，夏薇薇你先回去。"白尼斯杜特尔兰国王态度强硬。

"这是我们一家人的事！"夏薇薇又气又难过地看着爸爸。他从来没有用这么大的力气抓痛过她，也没有如此忽视过她的感受。

国王难以置信地看着夏薇薇，眼神复杂。

对于彩虹之穹皇室的家务事，植安奎不便插话，只好立在一旁静观其变。

跌坐在地上的卡迪娜王妃脸上全是泪，她浑身颤抖地移动着身体，屋子里的曼陀罗花香味越来越浓，让人窒息。西天边的骄阳也散尽了最后的余温，彻底落了下去。

"给我面纱，快点给我面纱！"卡迪娜忽然尖声嚷了起来，她双手乱舞地捧住脸颊，痛苦地匍匐在地。

植安奎不再犹豫，他拿过桌子上的面纱，弯腰递给卡迪娜的那一刹，猛地发现她脸上黑斑密布，又变成了昔日极丑的模样，不由得惊道："王妃你？！"

他彻底混乱了，如果曼陀罗花和黑宝石可以攻破露娜的易容黑魔法，可为什么卡迪娜王妃还会变丑呢？

"夏薇薇你看，她就是你所谓的母后，没有尊严地在地上打滚，还想用妖术迷惑我！"国王一把夺下卡迪娜想要掩住脸庞的面纱，用力掷在地上。

夏薇薇完全惊住了，她眼睁睁地看着卡迪娜王妃绝美的容颜一点点衰败，佝偻的身体剧烈颤抖着，长卷发盖住她瘦弱的肩膀，气若游丝地在地上艰难地爬行。

"你真是我妈妈吗？你骗我了吗？"她蹲下身子，把手伸到卡迪娜王妃面前，眼中没有华彩，声音也断断续续。

那张丑陋的脸上忽然漾出一抹笑容，空洞的眼眶连泪水都干涸了。

半晌，她才平稳地躺在地板上，声音平静道："我骗了你，我不是你妈妈。你妈妈已经死了，可她会一直在天堂看着你，默默保佑你。"

植安奎的心猛地一沉，卡迪娜到底是真是假？

他注意到立在夏薇薇身后的白尼斯杜特尔兰国王身体陡然一僵，暗流涌动的眼底突然湿了。

植安奎顿时一头雾水，既然卡迪娜承认她是假王妃，那国王该开心才对，怎么会难过呢？

"你以为我会相信吗？你别骗我了，我们的头发一模一样，声音也一模一样。在迷雾森林时，你想方设法地逗我开心。那个时候……那个时候我就在想，你要是我妈妈就好了。"夏薇薇说完，眼泪扑簌簌地落了下来。

"她那样做是为了要骗取你的信任，故意哄你的。"国王在一旁制止道。

"谁的话都不算数。这是我从思嘉那里取来的魔镜，它可以辨出人的真实相貌！我要镜子说实话！"夏薇薇从怀里掏出一面精致的镜子，大声说道。

"哎哟，那我倒是想看看拿镜子的人的真面目了。"门外忽然传来一声轻笑，紧接着屋子的门被完全推开了。

魔镜之梦魇

　　一个看起来不过十几岁的少女大步走了进来，她一头错落有致的紫发极为耀眼，额头上长着两只尖尖的褐色犄角，黑色的瞳仁戾气十足；细长的脖子上戴着一条金属颈带，更加衬得她的红色短夹克酷炫无比。"嗒"的一声，她往前走了一步，黑色的紧腿长靴与地板发出清脆的撞击声。她的目光陡然落在夏薇薇身上，眼底透着一抹不屑，红唇微翘："白尼斯杜特尔兰国王，站在你面前的人是假公主！"

　　"喵呜"，倚在她手臂上的黑色猫咪眼睛贼亮，后背的毛发竖起，充满敌意。

　　"你是谁？！竟然对本公主出言不逊！"夏薇薇瞬间被激怒了，往前一步盯着闯入者。

　　"云哆亚星球的公主露娜。"露娜冷笑一声，肩后的恶魔翅羽闪了一下。

　　夏薇薇怔了下，在迷雾森林她就听说过她，见到真人不过跟她年纪相仿："云哆亚星球从来都没有公主，你自封的吧？"

露娜的眸子骤然一暗，她手臂一扬，一把尖利的黑色镰刀对着夏薇薇的头顶凌空劈下，声音骄横："从来没人敢批评本公主的名号！"

"铛"的一声，植安奎驱动红宝石挡住了飞镰，皱眉盯着露娜，嫌恶地低声道："我也没听说过云哆亚星球上有名正言顺的公主，你要把所有冒犯你的人都劈死吗？"

"你算哪根葱！"露娜丝毫不退让，镰刀的力量加重了几分。她怀里的黑猫扑棱着翅膀浮在半空，看笑话一般地眯着眼睛。

植安奎把镰刀下的夏薇薇拉到身后，红宝石光芒越盛，他咬牙与露娜怒气腾腾地对峙着。空气中发出不安的嗡嗡声。

"住手！"一道金光准确无误地打在交叉的魔法武器上，植安奎和露娜被震开往后退了一步。白尼斯杜特尔兰国王收起手里的金色魔杖，目光如炬地质问露娜："你刚刚说夏薇薇是假公主，有什么证据？"

"只要用魔镜一照，真假便知。"露娜冷哼一声，手里的镰刀嗖地飞回到身后。

植安奎满腹狐疑地盯着国王，他怎么可以听信露娜的话，夏薇薇才是他的女儿，他不是该无条件地信任她吗？怎么能用镜子来判断她的真假？

"我偏不！"夏薇薇抗拒道，她当然知道自己是谁。

"你是怕镜子把你的真面目照出来吗？嗯？你心虚了？"露娜一听，便扯开嘴角诡异地笑了起来，挑衅地围着夏薇薇转了一圈又一圈。

"我是彩虹之穹的七公主，所有人都可以替我作证。"夏薇薇信心十足道。

"我明白了，那魔镜是假的，你是想用它来骗大家，证明地上的人是卡迪娜王妃吗？"露娜食指点着下巴，猜得有板有眼。

"魔镜是真的！"夏薇薇心疼地看了一眼地上的妈妈，强烈地辩驳道。

"那为什么你不敢拿自己做下试验呢？"露娜笑容隐晦，让人觉得阴森森的。

夏薇薇朝爸爸看了一眼，她不是不想证明自己，只是觉得没必要。可是白尼斯杜特尔兰国王只是侧过脸，丝毫没有要帮她说话的意思。

夏薇薇的心顿时凉了，她打开镜子，眼泪在眼眶中打转，对着自己道："试就试！"

魔镜迅速捕捉到了她的小脸，殷红的嘴唇微颤，黑亮的眸子蒙着雾气，漂亮的卷发散在肩头，不是她又是谁？

"看吧！"夏薇薇赌气地朝着露娜和国王走去，把镜子呈在他们面前，冷声道，"现在我可以去证明卡迪娜王妃了吧？"

"夏薇薇……"耳边传来植安奎强烈压抑的惊叹声。

她愣了下，瞥见植安奎煞白的脸色，朝着镜子看过去。

镜中女孩的脸忽然蒙上一层紫光，渐渐地，黑瞳变成绚紫，连波浪卷发都变成了齐耳短发。镜中女孩唇角往下一抿，那种冷漠与孤傲的神情，竟然是野栗恩！

"果然是冒充的公主。"露娜在一旁嘲弄道。

"不可能。"夏薇薇震惊地看着镜子，用手连擦了好几遍，镜子中的野栗恩也跟她做同样的动作，"为什么是野栗恩？为什么镜子中的人会是她？"夏薇薇浑身颤抖，急得都快哭了。

白尼斯杜特尔兰国王只看了一眼镜中人，身体顿时一晃，往后连退了两步。

"一定是镜子的问题。"植安奎将镜子抢过来，对着自己的脸看去，不想镜子没有任何变化，依旧是他自己的模样。

"到底是怎么回事？爸爸，这到底是为什么？"夏薇薇手足无措地问道。

"不为什么，要不然再验一验躺在地上的人的真面目？"露娜见夏薇薇手忙脚乱，心情越发好了，露出一脸小人得志的笑容。

"镜子是假的，夏薇薇是彩虹之穹真正的公主殿下，你不要为难她！"原本奄奄一息的卡迪娜王妃忽然站起身来，一把将魔镜抢到怀里，双手高高举过头顶。"哗啦"一声，镜子被重重摔在地上，碎成千片万片。

"扑通"一声，卡迪娜耗尽了全身力气，身体急坠在地上，纤长的手指被碎片划破，丝丝血迹蔓延开来。

"妈妈——"夏薇薇失声蹲坐在卡迪娜身边，小心翼翼地捧着她被划伤的手指，下唇一抿，颤音道，"我知道你是我妈妈，你千万要顶住，我们一起想办法把迷雾曼陀罗花的毒解了。"

"笑死人了！你竟然敢用迷雾曼陀罗花改变容貌，难道你不知道美貌只能维持一日，接着就要魂飞魄散吗？"露娜仰头哈哈大笑起来。

"你胡说什么？！"夏薇薇吼道。

露娜还没有回答，她就感觉到不对劲了，妈妈的手越来越冷、越来越轻。一片白光笼罩住她的身体，仿佛要把她往天上带。

"自己看吧！半分钟后，她就会变成灰，不知道飞到哪里去呢！"露娜冷笑道。

"不许！不许！不许！"夏薇薇的头摇得像个拨浪鼓，她握紧妈妈的手，眼泪啪啪往下掉，"我想让你帮我绾头发，想吃你做的点心，想穿你帮我挑的衣服……"

可是卡迪娜听不见，她气若游丝，身体轻得如同飘絮，根本不回应夏薇薇。

"在找到卡迪娜王妃之前，你休想这样一了百了。"伴随着国王愤怒的自言自语，一道金光从天而降，恰好压住身形消散的卡迪娜，使她重新落回在地面上。

"爸爸，你快救救她。"夏薇薇哭着扭头对国王喝道。

"你又是谁？为什么要冒充夏薇薇？"国王像吃了火药般，操起魔杖对准夏薇薇逼问道。

"我是……我是夏薇薇啊！"夏薇薇颤抖地起身，反手指着自己强调。

"那镜子里的人又是怎么回事？野栗恩是谁？"国王的眼神充满戒备。

"……"夏薇薇嘴唇嗫嚅着，野栗恩已经坠落冰崖，至于镜子里为何会出现她的脸，她也不知道啊。

"爸爸，夏薇薇最喜欢坐在你的膝头揪你的胡子，你还冒充成达文西当我的经纪人。这些还不够证明吗？"

"全天下的人都知道夏薇薇公主调皮爱玩，揪胡子、当明星这样的事，人尽皆知。"露娜不依不饶，走到国王面前建议道，"听说彩虹之穹的人不怕圣光照耀，国王为何不在这个假公主身上试试呢？"

"这个也太小儿科了吧。"夏薇薇走到爸爸面前，生气道，"你试吧。无论结果如何，我都不会原谅你了。因为你一开始就不信任我。"

国王的面部抽动了一下，他扬起手臂，将手心对着夏薇薇的头顶，默念出咒语。突然，一道金光将夏薇薇罩在其中。

舒服温和的光芒让她感到一阵轻松，可是不久，她的心就剧烈疼了起来，像是被针刺一般。

"呃……"夏薇薇本来想咬牙坚持一会儿，可是越来越痛的身体让她再也忍不住了，身子一斜便跌坐在地板上。

"夏薇薇身体本来就不好，你快停下。"植安奎冲过去，一把将夏薇薇抱了出来，可是他的后背被圣光灼了一下，痛得他直咬牙。

"你果然不是真公主。"国王声音颓丧，放下了手里的圣光，转过身去。

没有比被亲人否定更难过的事了，夏薇薇委屈地看着爸爸的背影，哆嗦道："你怎么能不信我？"

"既然是假公主，那我就帮国王把你处决了！"露娜笑容嚣张，举起黑镰刀，朝着夏薇薇劈了过来。

背对着他们的国王依旧无动于衷。

"就这样随便听信外人的谗言，否认自己的女儿，这样的国王要他何用？"植安奎念出咒语，凝造出冰盾挡住飞镰。

"你还不是个冒牌货？男扮女装混到这里，居心不良。"露娜发力压住冰盾，挤眼看着上面一道道的裂纹。

黑猫趁机伸爪钩掉了植安奎背后的礼服扣子，小礼服便脱落在地，身上只剩下一条平角裤。

植安奎顿时满脸通红，一晃神，镰刀已经刺入冰盾中，眼看就要裂开了。他尴尬地立在原地，窘得浑身发烫。

一声嘶吼响起，金毛卡卡冲入石门，前爪将露娜按倒在地，长尾钩住植安奎和夏薇薇甩在背上。

"阿兹特克魔法师，你不是说了要中立吗？"露娜的瞳孔骤然放大，惊问道。

"错，现在夏薇薇是我的猎物，谁都不许碰！"卡卡霸道地嚷了一句，松开露娜，猛地冲破屋子的天窗，朝着漫无边际的苍穹飞去。

阿兹特克魔法师？

植安奎震惊极了，相传阿兹特克魔法师资历最老，他效忠于彩虹之穹，专门培养有潜力的年轻魔法师，是极为博学多才的人。可是，他不是早已死于一场皇室混战中了吗？

"穿上！"植安奎正思考着，一件黑色披风朝着他丢了过来。

他一脸错愕地看过去，只见夏薇薇背对着他，头垂得很低。

"可恶！"植安奎诅咒一句，连忙把披风裹在身上，那只该死的黑猫，竟然让他出丑。然而黑色披风上有股奇怪的味道，他嫌恶地问道："这是你从哪里弄的？味道怪怪的。"

夏薇薇没有理他。

"怎么不说话？"植安奎疑惑地凑过去，忽然注意到夏薇薇的肩膀猛地颤了下。

她……哭了？

植安奎想了一会儿，靠近她安慰道："你爸爸鬼迷心窍了，这一切不怪你。"

"我觉得好乱，明明是想着一家人团聚的，可现在爸爸还认定我是假公主，我连自己都当不成了。"夏薇薇伤心地抽搭着。

"不管怎么样，你妈妈始终护着你。她用尽最后的力气摔坏镜子，就是不想让露娜找你麻烦。"植安奎略作沉思后说道。

夏薇薇听了，又是一阵难过，幽声道："你这样说，我心里更加不是滋味了。"

"要不我回去把那个老头子痛扁一顿，给你解气。"植安奎干脆起身，作势要帮夏薇薇报仇。

"我不明白爸爸为什么要否认我跟妈妈，却对露娜言听计从。妈妈还中了迷雾曼陀罗的毒，不知道我还有没有机会再见她一面。"

"关于迷雾曼陀罗的事，对不起。"从某种角度来说，卡迪娜王妃中毒植安奎也有责任。

"是我该道歉的，之前我打你，是我太暴躁了。请你原谅。"夏薇薇慌忙道歉。

"我怎么没记得有谁打我。"植安奎把脸一转，装作已经忘记了。要知道被女人打是一件很丢脸的事情。

"马上就要出云哆亚星球了，在打开'时光之门'前，把幽水冰蓝珠给我。"卡卡的身体浮在半空中，扭头对着背后的夏薇薇道。

植安奎的眉头顿时拧住了，他的拳头紧紧握住，声音严肃："夏薇薇没有了幽水冰蓝珠，黑钻的毒素会迅速蔓延到她全身的。"

"我才不管，那是我跟夏薇薇的约定。"卡卡语气不容商量，它喷出的粗重鼻息充满威慑力。

"要是我不愿意呢？"植安奎刚刚要起身。

"我给。"夏薇薇拦住了他，她握紧蔷薇魔杖，对着胸口狠狠一击。

"噗"的一声，一颗湛蓝透亮的珠子从她口中逸出。夏薇薇眼前一晕，跌坐在了卡卡背上。

植安奎顾不得去扶她，跳起来就要抢珠子。

"臭小子！你要是再敢乱动，我就把你丢下去。到时候夏薇薇也没人照顾，弃尸荒野算了。"卡卡被激怒了，它尖利的獠牙逼向植安奎，尾巴轻轻一扫，珠子就落在了它的前爪中。

植安奎不甘心地坐回到卡卡背上，真想凝出冰钻刺入卡卡脊梁，来个鱼死网破。

"还记得美国亚利桑那的蔷薇花神吗？你只要采下花瓣上的十二滴晨露喂给她，照样可以压制毒素。"卡卡低声劝道，"我可没想让夏薇薇这小丫头没命。"

"你到底是谁，怎么知道那么多？"植安奎警觉地看着它宽阔的脊背。

"有我的时候，你还在娘胎里没出来呢！"卡卡发出呼噜噜的笑声。

"那野栗恩呢？为什么镜子里会出现野栗恩的脸？她……她不是坠入冰崖死了吗？难道……"植安奎的话还没说完，卡卡就立刻弓起后背，将他高高弹起在半空中，咆哮道："你若再敢说一句野栗恩殿下的坏话，我就立刻把你摔成肉泥！"

"你要那珠子是为了救野栗恩吗？你口口声声说的都是她。野栗恩跟我之间是……"夏薇薇勉强撑起身体，没了幽水冰蓝珠，她移动一下都觉得吃力。她隐约觉得野栗恩跟她有着非同一般的关系，却又猜不透。

"那我问你，你讨厌她吗？"卡卡的身形一顿，略有些迟疑地问道。

"我把她当朋友，纵使她要取我的心，但我始终感觉她不会真要害人。"夏薇薇语气诚恳。

"这样就够了。"卡卡沉了一口气，身体忽然发出万道金光，它念着咒语，紫色旋涡再次浮现在眼前。

卡卡一个猛潜，带着他们冲出了旋涡。

身后响起天马的阵阵嘶鸣声，植安奎扭头看去，太阳金马车浑身闪着金光，朝他们火速追来。

"快！"他催促道。眼角的余光忽然瞥见天马背上的黑色披风，为首的那一匹恰好少了一件。

紫色的旋涡逐渐消失，再次看去，风景已经变得格外不同，呼吸也格外顺畅。

夏薇薇剧烈起伏的胸脯逐渐恢复平静。

"这衣服是你从天马身上扯下来的？"植安奎无比哀怨地看了夏薇薇一眼。

"总不能让你光着身体，影响市容啊。"夏薇薇有些心虚地舒出一口气。

"我把你们送到这里，剩下的你们自己想办法。"说话间，卡卡的身体已经落在了地面上。

植安奎扶着夏薇薇滑下来，甚至还没来得及跟它道别，卡卡就急忙纵身一跃，消失在碧蓝的天空中。

第4章
公主的重生

🌹 世界上最大的蔷薇
　　🌹 花神的祭品

【出场人物】
达文西，夏薇薇，植安奎，林沐夏，
机长大人，野栗恩

【特别道具】
十二滴晨露

世界上最大的蔷薇

挠挠挠……

达文西翻了个身，睡眼惺忪地抓了下微痒的后背。怎么身下垫了好几层褥子的床今天这么硌得慌呢？梦中，他的两道浓眉拧紧，换了个姿势继续睡觉。

夏薇薇和植安奎蹲坐在他身旁，两人的脸全都黑了。

迷雾森林的小别墅不见了，穿着一身白色蕾丝花边睡裙的达文西窝在枯草叶里，睡得正香。

不远处林沐夏和衣坐在一张棕色的太师椅里，他微低着头，额前深褐色的发丝随风轻扬，显然还在熟睡中。

林沐夏怎么坐在椅子上睡觉啊？

夏薇薇走到他面前，正想叫醒他，忽然瞥见他手里正握着一块半开的古铜色怀表，细细看去，里面竟然嵌着一张她的小照。

她的心跳顿时漏了半拍，待在原地局促极了。难道他是看着她的照片入睡的吗？

"植……植安奎，你怎么可以私闯我的卧室？！人家被你全看光了！"达文西惊慌失措地嚷了起来。他忸怩地连连往后退着，像看色狼般警惕地盯着植安奎。

林沐夏被惊醒，恍惚地睁开褐色的眸子，恰好对上了神色尴尬的夏薇薇。

他看了她一眼，温柔的眸子掠过一丝诧异。

转瞬间，他嘴角扬起一抹温柔的弧度，眼底仿佛落入了千万颗星星，轻声道："你回来了。"

"啪"的一声，伴随着林沐夏起身的动作，手里的怀表跌落在地。

"是啊是啊，我回来了。那个……我去看看植安奎他们，好像又吵起来了。"夏薇薇仿佛被火烫了般，干笑了两声，逃似的往植安奎的方向奔去。

林沐夏微愣了一下，注意到地上的怀表，眸子顿时暗淡下去。被她发现了。

"大魔法师，我到底哪里得罪你了？你要把我送到这种鸟不生蛋的地方，还睡在草窝里。阿嚏……"达文西的话没说完，就打了一个响亮的喷嚏。

"我才没那么无聊。"植安奎白了达文西一眼，他环视四周，发现密林中的浓雾竟然散了不少，顿时恍然大悟，道："这里是卡迪娜王妃制造出来的幻境，她中了毒，幻境也跟着消失了。"

"啊——那我们前段时间吃的喝的，岂不都是假的？！"达文西惊得睁大眼睛，捂着肚子做呕吐状。

"不会的，妈妈做的食物肯定是最好的。"夏薇薇立刻反驳道。

"哎哟喂。"达文西狡黠的眼神盯住夏薇薇，语气调侃道，"跟妈妈相认了，就把我忘记了？"

"恭喜你，夏薇薇。"林沐夏缓缓走来，露出善意的笑容。

夏薇薇听到林沐夏的声音，肩膀剧烈一抖，逃似的往别处闪去，嘴里含糊道："我们不是要去美国亚利桑那州找蔷薇花神吗？达文西你快穿好衣服准备啦！"

植安奎狐疑地看看夏薇薇又看看林沐夏，两人表情怪怪的，让人捉摸不透。

"呜呜……我这么蓬头垢面的，好丢脸，夏薇薇你转过脸去，我要换衣服。"达文西慌张地嚷道。

"我不会偷看的。"夏薇薇懒洋洋地应了一声，偷瞄一眼，哈哈，超级瘦的达文西胸前一根一根的竟然全是排骨。

"你跟来做什么？"达文西见植安奎也跟了过来，连忙把双手挡在胸前，做出防卫的姿势。

"帮我找件衣服，我也要换。"植安奎抖抖身上的黑色披风，不耐烦道。

"露脐的中国版超人服装，哇，你太有创意了！"达文西露出一脸夸张的贼笑。

"闭嘴！"植安奎的脸黑云密布。

夏薇薇背过身去，等着植安奎和达文西换衣服，身后传来林沐夏的脚步声，正朝她缓缓走来。

她的心不由得咯噔一下。

"刚刚我……"林沐夏艰难启齿。

"沐，我们是好朋友吧？"夏薇薇猛地转身打断他，目光如炬。

"……"林沐夏被她挡得一时哑口无言，看着她义无反顾的眼神，心里一阵难过。良久，他才将悲伤化成一抹笑，望着她道："是，我们一直是好朋友。"

"嗯，这下我就放心了。"夏薇薇那颗惴惴不安的心总算放了下去，她松了一口气，向前走几步抱住林沐夏的肩膀，眯眼笑道，"好久不见，想你了。"

"好久不见，我也想你了。"

林沐夏拍拍她的后背，在心底默默道，怕说出口又勾起好不容易化解的尴尬。

虽然他担心了她很久，甚至晚上睡不着盯着她的照片发呆。但现在她安全归来，一切都好了。

通过林沐夏少爷的首席保镖比尔，他们顺利弄到了飞往美国亚利桑那州的头等舱机票。

"空姐好漂亮。"达文西喝着空姐送来的咖啡，乐得眉眼弯弯。

林沐夏坐在他身边，正认真地翻阅一本古籍。

"看这里。"他顿时容光焕发，指着泛黄的书页上的蔷薇花，语气很急道，"找到获取十二滴晨露的办法了，只是这下面的文字，我看不懂。"林沐夏盯着书页上歪歪扭扭的蝌蚪文，一副为难的样子。

"蔷薇花的祭品，彩虹之穹公主的血和伙伴们最珍爱的东西。"夏薇薇把书上的密文翻译过来，环顾四周看看大家，大眼睛古灵精怪，欣喜道，"我们看起来刚刚好耶！"

"嘶——小夏薇薇，到时候你要扎手指了，肯定特别疼。"达文西故意吓她，比着自己的手指，耸肩道。

"我才不怕。"夏薇薇噘嘴道。她把书页右下角皱起的一角抚平，竟然是一片残页，纳罕道："好像后面还有一句话，但是看不清楚了。"

"后面肯定是无关紧要的话，让我想想我最珍爱的是什么。"达文西把头扭向窗外，脑海中浮现出一个华丽的欧式大衣柜，打开来，里面挂着各式各样的女性时装，有Valentino的深V黑色礼服、Dior的嬉皮流苏针织长衫、Chanel的鹅绒黄低胸羽毛连身裙……他在演艺圈当经纪人，几乎所有的积蓄都花在采购时装上，而且每一款都是他的心头肉。然而，他最最最珍爱的压箱之宝，就是 Louis Vuitton 的首席设计师 Marc Jacobs 亲自为他打造的一款蔷薇红钩花紧身礼服，穿在身上妖娆高贵的气质，让他无限膜拜。现在这件价值不菲的衣服要送给蔷薇花神，它又不能穿，呜呜，好舍不得，要不要送？

夏薇薇在一旁疑惑地看着达文西千变万化的表情。他一会儿像是被割肉般痛得皱紧双眉，一会儿又唉声叹气，连连摇头，突然又猛拍桌子，好像做了什么重大决定，目光炯炯，可接着又气馁地缩回座位上，眼底一片黯然。

"如果送出最珍爱的东西有难度，还是不要送了。"夏薇薇碰碰身边的植安奎，有些失望道。

"别自作多情了，我才不会给那朵花送祭品。"植安奎满不在乎道。

"你……"夏薇薇气呼呼地瞪着植安奎，嘟囔了一句，"小气鬼。"

她把求助的眼神抛向林沐夏。

"我只是在想，这个最珍爱的东西该怎样定位。"林沐夏柔声解释，见夏薇薇一脸失落，笑道，"可不管要送出什么，只要对你有帮助，我都会送的。"

"酸。"植安奎环着手臂，抱怨了一句。

"你自己抠门还不许林沐夏慷慨！"夏薇薇瞪了他一眼。

"哼。"植安奎一脸不屑。

"嗡嗡嗡……"耳边响起一阵不安的噪声。

平稳的机身忽然剧烈颤抖起来，大家都跟着东倒西歪。正在跟植安奎生气的夏薇薇没坐稳，差点从椅子上掉下去，却被植安奎牢牢地一把抓住，不悦道："小心点。"

"切。"她把手一收，瞪了植安奎一眼。

"咚"的一声，自作孽不可活的夏薇薇可怜兮兮地摔在了座位下。

"由于一个小的原因飞机需要迫降，请大家系好安全带，双手扶住前方座椅，将头尽力低下……"机长平缓的广播声传来。

飞机震动得更加厉害，机身左右摇晃着，每个人都惶惶不安，攥紧座位扶手，焦灼地等待着。

"这是什么？"临窗沉思的达文西清醒过来，忽然瞥见窗户上黏了密密一层金色的甲壳虫，顿时吓了一跳。

林沐夏见状，勉强稳住身子，手指迅速地翻着手里的古籍，他记得刚刚在书上见过这种虫子。

翻到了。

林沐夏盯着上面的密文，迅速解释道："金甲虫是蔷薇花神枯萎的前兆，它们喜欢扎堆，瞄准目标后越裹越多，飞机过不了多久就会因无法承重坠落下去。"

"沐，你看得懂？"夏薇薇从地上爬起来，吃惊地望着他。

"刚刚我抽空看了看这种密文，基本上明白它的大致意思。"林沐夏谦虚道。

"哎呀呀，飞机都快掉下去了，你们快想想办法啊，我可不要被摔成肉泥，呜呜……"达文西坐立不安道。

"这位先生，机长说只是遇到一点点小问题，请您少安毋躁。"漂亮的乘务员小姐眯起眼睛，很有礼貌地劝道。

"你们机长吹牛也不打草稿，呜呜，我们就是被你们这帮谎话精害死的。"达文西掩面抽泣道。

"先生，您误会了，为您提供最好的服务是我们……啊……"然而漂亮的乘务员小姐的话还没说完，就被颠簸的飞机震倒在地上，摔了个四脚朝天。

"现在迫降已经来不及了，快点告诉你们机长，往高空飞！"植安奎大步跃下座位，目光锐利地盯着躺倒在地的乘务员，不容置疑地命令道。

"我……"乘务员被植安奎盯着，结结巴巴地连话都说不清楚。

植安奎见她已经被吓坏了，干脆撇开她，径直朝着机长室走去。

"植安奎想把我们摔得更惨些吗？还往高空飞，林沐夏你快点把他给拽回来啊。"达文西一脸哀怨道。

几名乘务员快步追上植安奎，正准备拦他，植安奎只是对着他们轻摆下手指，乘务员便呆立在原地不动了。

夏薇薇瞥见乘务员脚下的一层薄冰，知道一定是植安奎施展了冻术魔法。

"这个少年好强！"乘客们吓坏了，都不敢阻拦植安奎。

植安奎的手轻轻一扭，原本严丝合缝的机长室门便被打开了。他二话不说，快步走了进去，顺手把门关上了。

"飞机越往高处飞，温度就越低。他大概是想用寒冷驱赶虫子，使它们身体变僵，无法黏着机身。"林沐夏思索一瞬，解释道。

"可是他会开飞机吗？"达文西依旧惴惴不安。

"快说！"广播中发出植安奎霸道的命令声。

"各位……各位乘客。"机长无限惊恐的声音传来，"飞机遇到了前所未见的不明暴风穴，我们……咳咳……"

"继续说！"植安奎威慑道。

"呜呜……请你们原谅我，我们现在不能迫降，只能继续往高空飞，呜呜，希望我们可以变成天堂的安琪儿，大家请默哀……"机长拖着长长的颤音，一把眼泪一把鼻涕。

"还是我说吧！现在我要你们每个人都裹上毛毯，尤其是那个叫作夏薇薇的女人，千万裹好了——"

植安奎的话刚说到一半，就传来滴滴的声音，飞机广播没信号了。

机舱里，每个人都十分惊恐，乖乖地裹紧毛毯，脸色煞白。

"请你们不要怕，现在我们被一种奇怪的虫子袭击，只有飞往更寒冷的高空，才能甩掉它们。"林沐夏起身柔声劝着，安抚人心。

"阿嚏——"

机舱的温度骤然降低，机长室的门上结了一层厚厚的冰霜，大家冷得瑟瑟发抖。

与此同时，黏在外面的虫子动作逐渐迟缓，不一会儿就身体僵直，扑簌簌地往下掉，乱晃的飞机也趋于平稳。

夏薇薇绷紧的心总算放了下来。机长室的门被打开了，浑身结了一层白霜、冒着冷气的植安奎疾步走了过来。

"你不会用了冰之魔法吧？机长怎么样了？"林沐夏见他狼狈的样子，不由得惊问道。

"机长室有三顶降落伞，我跟夏薇薇合用一顶，你们各用一顶。现在飞机无法降落到亚利桑那州，我们要赶在蔷薇花神枯萎前跳下去。"植安奎果断命令道。

"不要，我恐高！"夏薇薇一听要跳伞，吓得脸都绿了。

植安奎的脸立刻黑了一半，他用若有所思的目光盯住夏薇薇，半晌，语气一沉："那就别怪我不客气了。"

"啊——"夏薇薇一声尖叫，整个人已经被植安奎扛在肩上，任凭她怎样挣扎都不松开。

"怎么？你们还要我亲自请吗？"植安奎一个回头，目光阴森森地扫了一眼达文西和林沐夏。

两人互看了一眼，知道逃不过，只好忍气吞声地跟在扛着夏薇薇的植安奎身后，朝着机长室里走去。

机舱里的其他人都万般惊恐地目送植安奎一行人离开。

几分钟后，三朵彩虹色的降落伞在半空中绽放开来，徐徐往下落，隐没在了朵朵白云里。

"阿嚏……各位乘客，我们已经脱离危险，阿嚏……现在我们正准备返航，阿嚏……"可怜的机长对着广播不断打喷嚏，他生平第一次遇到金色暴风穴，第一次被一个少年指挥开飞机，第一次看见人类可以制造出冰块。

寒冷缺氧的高空中，夏薇薇冷得直打哆嗦，身体飘飘荡荡的感觉十分惊悚，身边还有金甲虫没命地往她身上撞，惹得她又怕又烦。

"可以……咳……松开了吗？"植安奎声音嘶哑。从跳下去的那一刹，夏薇薇就一把搂住了他的脖子，越来越紧，使他快要窒息了。

"呃……对不起。"夏薇薇这才意识到，抱歉地松开手。可她注意到身下巨大的空间落差，顿时一阵心悸，脸色煞白地尖叫起来。

植安奎的脖子再次被她狠狠搂住，勒得他直翻白眼，一阵狂咳。

"深呼吸，往上看。"植安奎掰开钩住他脖子的手臂，将夏薇薇的脑袋往上托，道，"你现在开始数云彩，我喊停的时候你就停。"

一朵，两朵，三朵，呜，又碎了一朵……重新数，一朵，两朵……

夏薇薇仰头望着天空，极力把注意力放在云彩上，心跳才渐渐恢复正常。

植安奎小心翼翼地维持降落伞的平衡，眼角的余光往两旁瞥去，心不由得咯噔了一下。

达文西的降落伞盖上压了厚厚的一层金甲虫，伞身乱晃，迅速往下坠落。

"救命啊——我要掉下去了——"半空中传来达文西杀猪般的哀号声，他越挣扎，伞落得越快。

"记得一直往上看，身体放松！"着急的植安奎叮嘱眼前的夏薇薇，急着想去救达文西。

"你要走？"夏薇薇惊恐道，双手立刻抓住了植安奎的前襟。

他还没来得及解释，只见可怜的达文西已经随着他的降落伞，垂直坠落到树林里去了。

"嘎嘎嘎"，林中惊起一片寒鸦。

植安奎闭了闭眼睛，自我安慰地想着，不是他不救，是达文西实在掉下去太快，让他招架不住。可金甲虫怎么偏偏就缠着达文西呢？这着实是件让人费解的事。

花神的祭品

　　降落伞缓缓地落在树林中，植安奎先稳稳地踩在树枝上，果断凝出冰刀割断绳子，又将夏薇薇牢牢抓住，两人小心翼翼地往树下滑。

　　"救救我啊——"达文西的求救声吓了他们一大跳。

　　等到他们安全地站在地面上，才发现达文西正抱着一根细细的树杈，身体一摇三晃地悬在半空中，连声哭号。

　　"哈，植安奎大魔法师，这根树杈太细了，我动都不敢动，你快救救我，拜托了。"达文西的声音颤着，脸上一把鼻涕一把泪。

　　"你不要动，小心点。"夏薇薇看着细弱的树枝，心惊胆战地劝着。

　　太好了，幸亏他没事。

　　植安奎心里的负罪感顿时消弭，抬脚就欲爬树救人。

　　"植安奎，哈哈，呵呵，我觉得头顶都是星星，好晕哦。"林沐夏的声音忽然响起，他浑身粘满落叶，脚步发软，深一脚浅一脚地朝着他们走来。

植安奎的脚步不由得顿了一下。

"咚"的一声,落叶满天飞,达文西毫无预兆地从树上掉了下来,在地上摆出了一个极为诡异的姿势。

"呃……"林沐夏被彻底刺激清醒了,睁大眼睛吃惊地看着达文西。

"达文西,你没事吧?"夏薇薇慌了神,一脸担忧地蹲在他身边。

咔咔咔,达文西浑身的骨头发出乱七八糟的响声,睁开眼看见夏薇薇的小脸,终于可怜兮兮地呼出一声:"原来我还活着。"

"对,你活着。"夏薇薇庆幸地握住达文西的手。

他们还没歇一口气,就听见嗡嗡嗡的振翅声。

一片金色的雾朝他们迅速蔓延过来,凡是它们飞过的地方,树叶、花枝、草地,竟然都变成了金色。

"金甲虫飞到哪儿就吸干植物的汁液,使得植物迅速变黄和枯萎,我们要赶在它们攻击蔷薇花神前拿到十二滴晨露。"林沐夏建议道。

"我们快去!"植安奎领头往前狂奔,身后的金甲虫越来越密集,一片嘈杂。

几个人气喘吁吁地飞跑着,植安奎还要时不时挥舞出冰之魔法逼退金甲虫。

夏薇薇身体弱,跑了一段路就掉队了。达文西和林沐夏很自觉地折回去,架着她继续狂奔。

"砰"的一声,夏薇薇觉得胸口处剧烈跳了一下。死寂许久的心仿佛注入了一口活泉,突然变得鲜活灵动。

她的脚步顿时一滞,右手捂住胸口,震惊道:"我感觉到了,蔷薇花神就在前面!"

"终极冰墙!"植安奎立刻反应过来,他使出全身的力气,手臂迅速展开,一座厚实的冰墙将他们与金甲虫隔绝开来。

"我们速度要快。"他紧张又激动地叮嘱道,心里终于升起一丝希望。

几个人眼神交汇,纷纷顺着夏薇薇指引的方向奔去。

叮叮咚咚,泉水声越来越近,越来越清晰。他们绕过一棵千年银杏树,眼前是一汪深不见底的寒潭。四周空旷极了,不见任何鸟兽。

"怎么什么都没有?"达文西在地上转着圈子,四下打量。

"我确定,蔷薇花神就在这里。"夏薇薇感受着强有力的心跳声,脚步坚定地朝前走了过去。

"小心。"植安奎轻声劝道,他感觉到面前有一个看不见的强大魔法结界,却不知该如何破开。

夏薇薇无比确信地看了一眼植安奎,她对着寒潭上方的空气伸出手掌,在心底默默念着:"圣洁的蔷薇花神,您的孩子夏薇薇渴求您赐予我力量,醒来吧!"

掌心忽然浮起丝丝凉意,迅速在心间蔓延开来,脚底剧烈一颤,夏薇薇惊了下,猛地缩回手。

植安奎见有异状,连忙掠到她身边,把她往后面带了几米远。

耳边响起银铃般的脆响,清澈的潭水翻滚着,冒出白色的泡泡。一片银色的星星沙闪过,他们面前忽然多了一片如同绿色瀑布般的蔷薇花架,枝头的顶端,一朵硕大的红色蔷薇傲然盛开,繁复层叠的花瓣美得摄人心魄。周围氤氲的一层淡淡荧光,灵气逼人。

"这花也太大了吧?!"达文西仰头看去,啧啧称叹道。

"嘘——"林沐夏做了一个噤声的手势,生怕亵渎了它。

夏薇薇的心跳更加快了,她无法自持地朝花朵疾步走近,秀丽的手指刚刚触到柔软的花瓣,"啊",她的心不由得咯噔了一下,花瓣从枝头无力地跌落下来,在空中打了个旋,便化成银灰消散了。

"这是怎么回事?蔷薇花神从来不会凋零的!"夏薇薇慌了神。

植安奎跟着走了过来,忽然瞥见花朵根部浑浊的泉水,立刻弯腰用手去探，只觉得一片湿黏，皱眉道："看来蔷薇花神支持不了多久了，它的根已经开始腐烂了。"

"啊！那我们还是赶紧去取十二滴晨露，都说花无百日红，万一这花忽然谢了，就来不及了。"达文西着急地催促道。

"不行，现在蔷薇花神是最弱的时候，我们不能趁火打劫。"夏薇薇立刻制止。

"你忘了你跟蔷薇花神之间有通灵之力吗？只要你身体健康，蔷薇花神就精气犹存，现在最重要的是先把你治好，接着再想办法救花神。"植安奎见夏薇薇任性，迅速劝道。

"可是……"夏薇薇犹豫了。

"我觉得植安奎说得有理。"林沐夏点头道。

"但是植安奎不愿意献出他最宝贵的东西，还有你们，我怎么好意思让大家为了我舍弃最宝贵的东西呢？"夏薇薇身子一怔，懊恼道。

"就当我发善心救你吧。"植安奎瞟了她一眼，没好气道，"反正这红宝石是你爸爸赐给我的，到时候再拜托他送一个就好了。"植安奎满不在乎地将怀里的红宝石托在手心，漫不经心地上下颠着玩。

"虽然Marc Jacobs亲手设计的限量版女装很珍贵，但你还是赶紧养好身体，到时候你当我的大明星，咱们一起冲击好莱坞，让Marc Jacobs那家伙做咱们的私人设计师！"达文西挠挠后脑勺，做出一副雄心壮志的姿态道。

"那我就献出这个吧。"林沐夏的脸忽然红了，他从贴身的口袋里掏出一套精致的金色袖珍餐具放在手心里，笑道，"我小时候曾经遇到过一位著名的美食家，心里十分崇拜他，就一直偷偷跟踪他，后来被他发现了。没想到，他非但不生气，还送了我这个。这么多年，我一直把它带在身边，每次制作美食，都觉得很有动力。虽然它不值钱，可对我来说，是极为珍贵的。"

"你们……你们这群家伙，要我以后怎么报答你们嘛！"夏薇薇怔怔地看着面前的三个人，心里泛起的热流瞬间化成眼泪夺眶而出。

"说了只是发善心顺便帮下你。"植安奎被夏薇薇突然崩溃的情绪惊了一下，小声嘟囔道。

"小夏薇薇最乖了，来来，抱抱。"达文西张开手臂，把夏薇薇拥在怀里，甜甜蜜蜜地拍了拍她的肩膀。

"开始吧。"植安奎十分不解风情地打断他们。

他握住夏薇薇的手指，试探地看了她一眼，说道："忍住。"

夏薇薇的手指顿时传来一阵刺痛，她哆嗦了一下，忍痛看着植安奎将血挤在一片巨大的乃拉草叶上。

收集完血液，他毫不犹豫地将红宝石放在树叶上，接着依次走到达文西和林沐夏面前，将祭品集齐。

"蔷薇花神，我们按照您的指示，献出公主的血和最宝贵的东西，请您赐予我们十二滴晨露。"植安奎双手把祭品举过头顶，虔诚地送到蔷薇花神面前，高声念着咒语。

风拂过蔷薇，几瓣花瓣洋洋洒洒跌落。

突然，乃拉草叶被一股未知的强力猛地托起在半空中，在花朵上剧烈旋转。

夏薇薇屏息注视着蔷薇花神，浑身的血液直往头上冲。蔷薇花神枝叶颤抖，仿佛正酝酿着一股力量随时等待爆发。她的心狂跳起来，几乎要跃出胸口。

"轰"的一声，悬在空中的几件宝贝像是受到了撞击，纷纷朝四周射去，重重跌落在泥土上。

"咳——"夏薇薇的心传来痉挛的痛，嗓子里一股腥甜，一口鲜血吐在了地上。

植安奎的脸都白了，立刻去扶跪倒在地的夏薇薇，擦着她嘴角的血急问道:"为什么会这样?你张口说话!"

夏薇薇勉强睁开眼睛,漂亮的黑瞳渐渐涣散,呼吸急促地断断续续道:"谎言……花神说它被谎言欺骗……咳……"她话未说完,又咳嗽起来,浑身颤抖。

"先不要说话,坚持住!"植安奎从未见夏薇薇如此苍白,生怕她就此化作一缕烟,从此再也不见了。

"小夏薇薇,你别吓我啊。"达文西看着她憔悴的面容,直接哭了起来,情绪失控地嚷道,"是谁欺骗了蔷薇花神,没有把最宝贵的东西献出来,是谁?!"

"难道是……"林沐夏陡然一怔,神色诧异。

"林家少爷,原来是你!你们家那么有钱,你偏偏抠门献了一个做饭的模具,你把花神当弱智哄啊!你把夏薇薇给我还回来,还回来!"达文西一把抓住林沐夏的衣领,歇斯底里道。

"松手!"林沐夏的声音极冷,他怜惜的目光望着奄奄一息的夏薇薇,生平第一次大声讲话,"我最珍贵的东西,是夏薇薇!"说完,他垂下头,眼底一片黯然。

达文西愣了下,怔怔地松开手,满带歉意地看了他一眼。他是林氏财团的少爷,放弃锦衣玉食的生活,选择跟着夏薇薇一路冒险。这已经足以证明他对夏薇薇的心了。

抱着夏薇薇的植安奎目光微诧,到底林沐夏对夏薇薇是有想法的。不知为何,他心里忽然很不舒服。

"天啊,蔷薇花神怎么蔫了?"达文西尖叫起来。花藤上的蔷薇花神开始干枯腐败,枝叶也耷拉下来,一点点失去生机。

植安奎和林沐夏都惊呆了。

忽然,一道黑影迅速掠到了正在枯败的花架上。

少女腰间挎着黑蝴蝶剑,一双绚紫眸子目光炯炯,齐耳短发清爽利落,黑色的长衫裹住她娇小的身体。她孑然独立在花藤上,居高临下地看着他们,语气凌厉道:"一群笨蛋,难道你们没有看魔法古籍上的禁忌吗?受十二滴晨露救助的人不能参与献祭,更加不能作为最珍爱的东西献出去!"

"野栗恩?!你……你是人是鬼?"达文西吓得往后连退了好几步,脚下发软,一屁股坐在了地上。

植安奎吃惊地看着她,看来卡卡已经把她从冰崖下救出来了。古籍上的禁忌?他不由得想起古籍上关于蔷薇花神魔法书页上缺掉的一角,大概就是禁忌吧。

野栗恩冷哼一声,然后眼神犀利地看着渐渐枯萎的蔷薇花神,一咬牙,黑蝴蝶剑迅速划过她的指尖,一滴血落在花瓣上。

"不可以!献祭必须用公主的血。"林沐夏疾步向前,想阻拦野栗恩停下来,可是血已经跟花神相融,花朵剧烈颤抖着。

"呵,接受十二滴晨露的人不能献祭,你还想让她再死一次吗?"野栗恩冷笑道。

然而奇迹发生了,蔷薇花神忽然发出紫红色的光芒,原本正在枯败的花瓣重新焕发出生机,花藤也变回了绿油油的模样。

"趁现在,献出你们最宝贵的东西!"野栗恩大声命令道。

林沐夏顿时恍然大悟,如果接受十二滴晨露的人不能参加献祭,那么夏薇薇就被排除在外。

他果断从地上拾起三个人的宝贝,递给站在花架上的野栗恩。

祈求的咒语再次被念响,几件宝贝在空中不停旋转,"嚯"的一声,蔷薇花神上空忽然爆出一股强大的力量,紫红色的光芒越来越盛。

大家都惊奇地抬头望着光芒,渐渐地,十二滴晶莹璀璨的露珠凝结在娇软的花瓣上。

"那就是十二滴晨露!太漂亮了!"达文西忍不住惊呼。

林沐夏顿时狂喜起来，他摘下一片大树叶，卷成漏斗形状，疾步走到花神旁，小心翼翼地将十二滴晨露采集下来，迅速折回去，送到夏薇薇唇边。

　　植安奎默默注视着林沐夏给夏薇薇喂晨露小心翼翼的表情，心里掠过一丝莫名的不快，他干脆将夏薇薇送到林沐夏怀里，有些烦躁道："你扶着她会方便些。"

　　林沐夏点点头，看都没看植安奎，只是欣喜地望着每一滴晨露滑入夏薇薇嘴里，她逐渐恢复了元气，呈现出粉色的脸颊。

　　"夏薇薇加油，夏薇薇加油！"达文西更加夸张，扯了两片树叶当扇子，围着她跳起了啦啦操。

　　野栗恩从花架上敏捷地跳下来，用清冷的目光扫了一眼夏薇薇，眸子忽然颤了下，又恢复了一如既往的冷漠。

　　"卡卡呢？"植安奎朝她走过去，低声问道。

　　"与你何干？！"野栗恩的眼神几乎要把人冻住。她坠落悬崖的那一刹，还记得植安奎朝她射来的红宝石攻击之光。

　　"你到底是什么人？为什么你的血也可以启动蔷薇花神的魔法？"植安奎皱眉看着她，质问道。

　　"等下让露娜亲口告诉你吧！"野栗恩唇角浮起一抹冷笑。她再次看了夏薇薇一眼，手背上的黑蝴蝶发出莹莹的光，身子忽然一遁，消失在了空气中。

　　"夏薇薇醒了！"达文西惊喜道，手舞足蹈起来。

　　植安奎顾不得隐去身形的野栗恩，朝着夏薇薇奔去。

第 5 章
牛皮册上的交易

● 与露娜的争夺战
● 守财奴狄奥西多

【出场人物】

夏薇薇，林沐夏，植安奎，恶魔公主露娜，不笑的猫，达文西，四大蜥蜴骑士，云哆亚战士，狄奥西多，野栗恩

【特别道具】

摄魂笛

与露娜的争夺战

夏薇薇迷迷糊糊地睁开双眼，恰好对上林沐夏关切的目光。

"醒了就好，夏薇薇，你喝了十二滴晨露，已经完全康复了！真好！真好！"林沐夏的笑容单纯得像个小孩，他将夏薇薇往怀里抱了抱，眼角眯成弯弯的月牙。

夏薇薇错愕地靠着林沐夏的肩膀，放眼看去，植安奎正一脸别扭地望着她，眼神怪怪的。

"嘻——"一阵冷笑凭空传来。

"喵呜"，接着是诡异的猫叫声。

"多亏野栗恩帮我开启蔷薇花神的结界之门，既然十二滴晨露已经被你们抢走了，那么现在花神就归我了。"露娜从一片黑影中现出身形，她手里的黑色镰刀闪着寒光，薄唇一勾，露出一抹邪笑，"四大蜥蜴骑士，我命令你们立刻移走蔷薇花神，带回云哆亚！"

"四大蜥蜴骑士？不会是我们在黑沙漠遇到的那几只怪兽吧？"达文

西吓得一阵哆嗦，他们一行人在黑沙漠邂逅四大蜥蜴骑士，被他们欺负得惨不忍睹，没想到在这里又遇到了。他瞟了一眼露娜，语气诚恳地劝道："我说小姑娘，你看起来年纪也不大，千万别跟那群家伙打交道……"

"啊——"达文西还没有啰唆完，露娜已经不满地噘起嘴巴，扬起手里的镰刀对着达文西猛地一劈，不满道："多嘴！"

"冰盾！"植安奎迅速凝结出冰盾，挡在达文西头顶。

"铛"的一声，冰盾被击碎，达文西也得以保全一命。他抱着头，哆哆嗦嗦地往一边闪去。看来露娜虽然年纪不大，却是个心狠手辣的角色。他还是躲远点比较好。

地面开始剧烈地颤抖起来，露娜得意扬扬地瞟了一眼神色凝重的植安奎，伸手打了一个响指。

被拱起的泥土忽然裂开巨大的口子，皮肤结满疙瘩的巨型蜥蜴从地底钻了出来，一股刺鼻的腥臭味扑鼻而来。

"这次不许跟它们打赌了。"林沐夏凑到夏薇薇耳边，叮嘱了一句。

"现在打赌也没有用了，它们吃了太多腐肉，已经无法恢复人形。目前它们只是丧心病狂的野兽罢了。"夏薇薇忧心忡忡道。毕竟强大的蜥蜴骑士不是那么容易被打败的。

蜥蜴骑士虽然身躯庞大，动作却极为灵敏，一起朝着蔷薇花藤冲了过去，混着草叶的泥土被它们刨开，四散开来。

"小心点，别碰坏了我的花儿。"露娜扑扇着蝙蝠状的翅膀，嘴上装模作样地叮咛着，脸上却开心地嘻嘻笑着。

"你们不可以碰蔷薇花神！"夏薇薇见状，毫不犹豫地冲出去，伸开双臂挡在了花神前面。

四大蜥蜴巨兽都双眼猩红，丝毫不把夏薇薇放在眼里，摇着粗壮的尾巴加速往前扑。

"冰之飞雀！"植安奎立刻驱动冰之魔法，凝出八只冰雀，对准蜥蜴骑士的眼睛齐齐射去。

趁着蜥蜴骑士晃神的一刹，他迅速掠到夏薇薇身边，把她抱回到了达文西处。

"她刚刚恢复体力，你管住她，不要让她乱动。"植安奎语速极快地说道，"至于蔷薇花神，我不会让露娜移走的。"

"放心吧，我精神上鼓励你，心理上支持你！"达文西一把缚住夏薇薇，信誓旦旦道。

"如果蔷薇花神被移走，那么地球上的蔷薇花就会枯萎，所有的物种都会依次灭绝，千万不可以动它的！"夏薇薇挣扎着，大声嘱咐道。

"我明白。"植安奎无比确信地点点头。

巨型蜥蜴被冰雀刺伤了眼睛，在地上失控地打滚咆哮着。它们粗壮有力的尾巴扫到蔷薇花藤，花架被打得七零八落。

植安奎凝神屏息，以寻找打败蜥蜴骑士的契机。趁着一只蜥蜴发狂拱入土下，他高高一跃，跳到蜥蜴的头上，手里凝结出锋利的冰刃，朝着它的眼睛狠狠刺了进去。

蜥蜴发出惨烈的咆哮声，泥土被它震得飞溅。

露娜怔了下，植安奎并不是她想象中的那么好对付。她从腰间取下一支黑色的长笛，放在红唇边优雅地吹了起来。紧接着，诡异清幽的乐声弥漫开来。

挣扎乱撞的蜥蜴巨兽忽然安静下来，它们仿佛被无形的线牵引着，有秩序地朝着蔷薇花扑去。任凭植安奎如何攻击，蜥蜴一点反应都没有。

难道是摄魂笛？蜥蜴巨兽完全被笛声控制，感觉不到疼痛，只会顺着笛子主人的意愿行动。

蜥蜴巨兽距离蔷薇花神越来越近，植安奎也越来越心慌意乱，光攻击眼睛根本不会置蜥蜴于死地。关键在于露娜手里的笛子！

他咬紧牙关，脚踩在蜥蜴的后背上，朝着露娜的方向飞跃过去。

露娜的黑眸掠过一丝亮光，她张开翅膀往后缩了一段距离。与此同时，她怀里的黑猫却如同一支黑色的箭，朝着植安奎扑了过来。

"喵呜——"黑猫的叫声极为尖厉。

植安奎丝毫不把龇牙咧嘴的黑猫放在眼里，正准备凝出冰球把它打趴在地上。然而黑猫琉璃般的眼睛忽然一闪，对着植安奎眨眨眼。他如同中了魔障，眼前顿时一片模糊，跃步的动作陡然滞缓了一下。

"吧唧"一声，黑猫准确无误地抱住了植安奎帅气的脸，带着一股动物特有的腥味。

只是一瞬，露出尖牙的黑猫又瞟了林沐夏一眼，喵喵叫了几声，才优哉游哉地飞回到露娜怀里。

植安奎差点要吐，于是加大了凝结冰球的力度，想给黑猫一个教训。

然而，他只是机械地伸出手，干巴巴地打了个旋，身体里的魔法能量却怎么都提不起来。

"啊——"植安奎一声惨叫，毫无预兆地重重跌落在地上。

"你没事吧？"林沐夏正准备弯腰去扶植安奎，身体内突然蹿起一股恶寒，冷气由内直往外冒，冻得他浑身打哆嗦，"好冷。"

蜥蜴巨兽在笛声的指引下，粗鲁地折断花枝，朝着枝头上的花神侵略过去。

植安奎惊诧地摸了摸发痛的屁股，奇怪了，他的魔力像是被抽空了般，感觉身体软绵绵的。然而更加奇怪的是，林沐夏窝在他身旁，浑身乱抖起来。

"你抖什么？"植安奎一头雾水，皱眉道。

林沐夏抖抖索索地站起身，手指刚刚抬起，几片尖利的冰刃立刻被甩出，恰好击在植安奎身上。他却浑然不觉，颤声道："我冷。"

"你怎么会用冰之魔法？"植安奎看着碎掉的冰碴，顿时惊呆了，立刻抓住林沐夏起了一层白霜的手问道。

林沐夏冷得几乎站不稳，瑟瑟发抖地连连摇头，连嘴唇都冻成了乌青。

　　黑猫开心得喵喵直叫。

　　植安奎下意识地朝它看过去，顿时恍然大悟，一定是黑猫用了暗黑魔法，将他与林沐夏的能力互换了。

　　蜥蜴巨兽越来越逼近蔷薇花神，时间已经来不及了！

　　"你听我说，现在你拥有驭冰的能力，只要善加利用，一定可以打败蜥蜴巨兽！"植安奎目光灼灼地盯住蔫掉的林沐夏，鼓励道。

　　"嗯……"林沐夏小鸡啄米似的点头，发出颤抖的呻吟声。

　　"那好，我带着你！"植安奎不由分说，从后面架住已经快要失去神智的林沐夏，用尽全力朝着蜥蜴巨兽狂奔过去。

　　"我倒要看看你们还有什么本事！"露娜见二人不顾一切地冲过去，将唇边的笛子拿下去，轻蔑道。

　　笛声戛然而止，蜥蜴巨兽失去了控制，发起疯来。

　　蔷薇花神也侥幸逃过一劫。

　　"闭眼，凝神，气发丹田，在脑海中想象出你想要凝造的冰之武器，快！"植安奎凑到林沐夏耳边，语气紧张地指挥道。

　　林沐夏听了，更加无所适从，两只手打太极般在空中乱晃，"咔嚓咔嚓"，一坨又一坨的碎冰被他制造出来，全都毫无攻击力地落在了地上。

　　"丹田……是哪里？"林沐夏秀眉拢起，可怜兮兮道，"我从小想象力就不太丰富……呜……"

　　冰裂的声音惊扰了发狂的巨型蜥蜴，它们全部转身，气势汹汹地朝着林沐夏和植安奎冲了过来。

　　"哼，给我吃了他们！"露娜抱着猫咪，一脸惬意地坐在粗大的树杈上，大声命令道。

　　夏薇薇诧异地看着露娜，她怎么可以把快乐建立在别人的痛苦之上呢？而且她仿佛极为享受这个杀戮的过程。

"我们快逃吧。"林沐夏惊恐地睁大眼睛，盯着朝他扑来的蜥蜴尖利的獠牙，四肢僵硬地往后退。

"身为男人，怎么可以这么没骨气？"植安奎怒道，死死顶住林沐夏的身体坚守在原地。

"冰刀——"林沐夏见逃脱不得，只好硬着头皮使用魔法，然而凝结出来的只是一坨碎冰。

"冰枪……"

"冰箭……"

"冰坦克……"

连连几次尝试都以冰碴告终之后，林沐夏再也坚持不住了，大声念道："冰飞机……"

如果飞机可以用来逃命的话……

"你变这个做什么？"站在他身后的植安奎不解，连忙催促道，"试试冰盾！"

可林沐夏还没来得及张口，一只巨型蜥蜴已经逼到眼前，张开血盆大口就咬。

植安奎猛地一转身，将林沐夏推到几丈之外，自己的手臂却被蜥蜴的獠牙划出了一道口子，鲜血迅速染红了他的白衬衣。

"植安奎！"夏薇薇见他受伤，登时尖叫起来，挥舞着手里的蔷薇魔杖，朝着巨型蜥蜴射去。

植安奎趁机弯腰拾起一把稍微像样的冰刃，俯身凝神盯着巨型蜥蜴，摆出一副战斗的架势。

"植安奎，你干什么？要跟蜥蜴肉搏吗？你根本不是它们的对手！"夏薇薇见状，担忧地大喊道。

"小夏薇薇，你千万别过去，万一你有个三长两短，植安奎肯定不会饶了我的。"达文西只管抱住夏薇薇，不让她乱跑。

"不试试怎么知道不可以呢？"植安奎勾起唇角，嚣张一笑，跟面前的巨型蜥蜴对峙着。

"你是不是疯了！"夏薇薇都急哭了。在黑沙漠她就见识过蜥蜴骑士的威力，何况现在它们正处于发狂状态，植安奎还被换了魔法。

"别吵！打扰我看比赛！"露娜瞪了夏薇薇一眼，怒道。

"什么？这算哪门子比赛？会要了植安奎的命的！"夏薇薇瞪着露娜，气愤道。

"这是公平公正的竞技，赢者为王败者为寇，生死全在自己！你哪来那么多废话！"露娜不悦道。

忽然，巨型蜥蜴冲了过来。植安奎灵巧一闪，躲开了攻击，身体却被蜥蜴粗糙的硬皮挂了一个趔趄。蜥蜴扑了个空，烦躁地继续追扑。植安奎瞅准时机，往它身上一翻，便稳稳地骑在了它的头上。手臂抓住蜥蜴骑士的上颚，迅速将冰刃插在了它的舌头上。

"噗"的一声，蜥蜴发狂地合嘴，冰刃刺穿了它的上腭骨。可它的战斗力丝毫没有减弱，头剧烈一甩，植安奎就被重重甩出十几丈远。另外三只蜥蜴闻到血腥味，纷纷朝着植安奎扑去。

"冰墙——"正在关键时刻，林沐夏往前跑了几步，手舞足蹈地挥洒着一块又一块的碎冰。冰墙虽未成形，却有一大块冰被凝造出来，恰好砸在蜥蜴的头上。

"砸中了！太棒了！"林沐夏忍不住鼓掌欢庆起来。

蜥蜴骑士被激怒了，立刻撇开植安奎，掉转方向朝着林沐夏冲了过去。

林沐夏那张温润如玉的脸顿时吓得绿了，他转身没命地狂奔起来。

"可笑！没有丝毫战斗力的人类，却想徒手赢过我精心培养出来的蜥蜴骑士，下辈子吧！"露娜冷笑一声，抓起长笛继续吹了起来。

巨型蜥蜴顿了一下，放过林沐夏，有秩序地朝蔷薇花神压了过去。

"呼呼呼……"林沐夏弯腰撑住双膝，剧烈地喘息起来。

植安奎咬牙切齿地盯着巨型蜥蜴，他确实不是它们的对手，甚至连拖延时间的能力都没有。

蔷薇花神剧烈地颤抖起来，不断发出耀眼的光芒净化蜥蜴们吐出的腥臭涎水，娇嫩的花瓣却无法抵抗它们的利爪，变得残破凌乱，花朵的光芒也逐渐淡去。

"露娜，你要是敢碰花神，我就立刻了断了自己。"夏薇薇的心因蔷薇花被破坏，跟着揪痛起来，干脆弯腰捡起落在地上的冰刃，大声威胁道。

"随便。"露娜毫不在乎地瞟了她一眼。夏薇薇的生命对她来说，没有任何意义。

"小夏薇薇，你胡闹什么啊！"达文西吓坏了，伸手要抢她手里的冰刃。

"不信你就试试。"夏薇薇笑得义无反顾，冰刃划过她波浪般柔软的黑发，一缕发丝跌落在地上。

与此同时，蔷薇花神的茎叶瞬间落了不少，化作银色的星星沙，消散在空气中。

"别犯傻！"植安奎飞跑过去，欲夺下她手里的冰刃。

"你现在没有魔法，夺不走的。"夏薇薇迅速把冰刃藏在身后，植安奎果然扑了个空。她错开植安奎担忧的眼神，冷眼注视着露娜说道："我跟蔷薇花神心意相通，只要一方出了问题，另一方也会如此。如果你非要拼个鱼死网破，那我就奉陪。"夏薇薇干脆耍起无赖，兀自把玩着冰刃，满不在乎道。

"笑死人了！你以为我会受你威胁吗？"露娜发狠地吹起笛子。

夏薇薇手里的冰刃迅速贴近脖颈，一道血痕划了出来，蔷薇花跟着落了一瓣。

"不要！"达文西发出惊叫声。

"住手！"露娜猛地放下笛子，咬牙瞪着表情倔强的夏薇薇，威慑道，"我想要得到的东西，从来没有失败过。今天得不到蔷薇花神，我就要你们所有人陪葬。"

"你只会放狠话，如果想杀掉每个人，为什么还要停止奏笛？至少你不想蔷薇花神有事。"夏薇薇只是轻蔑一笑。

"你要什么条件？"露娜不甘心地问道。

"解除植安奎和林沐夏身上的黑魔法，而且不许为难我的同伴，我就跟你们走。"夏薇薇神情严肃。

"那花神呢？"露娜狡黠的目光望着不远处的蔷薇花神。

"花神可以移走，但你必须保证它的生存条件，将这里的培土和水一起带过去。"夏薇薇暗忖依照露娜的个性，是不会饶了蔷薇花神的。

"好！我答应！"露娜得意地笑道，然后拍拍手，一大批穿着铠甲的战士齐刷刷地拥了过来，身后还拖着巨大的玻璃水车和装土的木筐，显然它们是有备而来。

这些人不就是他们之前在云哆亚星球上看到的围堵屠杀动物的士兵吗？

笛声再次扬起，四只蜥蜴终于放弃袭击蔷薇花神，开始听话地用头拱起花神根部的泥土。铠甲战士们更是有条不紊地配合着。不一会儿，花神开始摇动，然后被整株送到了木质的隔板上。

夏薇薇的胸口闷闷的，每移动一下蔷薇花神，她的大脑就感到一股强烈的震撼，弄得她头晕目眩，十分难受。

然而，更加令她惊讶的是，四只被刺伤眼睛的蜥蜴巨兽竟然自行伤愈了！

"多好的头发啊，你怎么舍得剪，这下耳边留了一个豁，哎……公主头都没法盘了。"达文西把夏薇薇的头发卷好用手帕包住，一脸惋惜。

"用卡子别住就行。"夏薇薇柔声劝他，"不过是一小撮罢了，很快就能长好。"

可是达文西就是一脸惆怅。

"喵呜"，黑色的猫咪再次飞到植安奎身边，恶作剧般的目光扫了他一眼，随即又朝快要冻成冰块的林沐夏飞去。

瞬间，植安奎感觉到精气一点点恢复，林沐夏的脸庞也开始有了血色。

"我已经允诺了你的条件，现在是你兑现诺言的时候了，我们走吧！"露娜的笑容神秘莫测，她心满意足地看着车队上的蔷薇花神，对夏薇薇命令道。

夏薇薇点点头，满眼辛酸地瞥了一眼同伴，正抬脚欲走。

"慢着！"植安奎高声喊住她，疾步走到她面前，深深地看了她一眼。

随后，他从口袋里摸出一个创可贴贴在她脖子的伤处，声音发颤道："你在云哆亚要好好照顾自己，一个人也可以过得很好。"

"嗯。"夏薇薇默默点头。哎，没有同伴在一起，她怎么会好好过？

"哼，可笑。"个性骄傲的露娜不愿意听他们的私语，冷哼一声往远处站了一点。

夏薇薇看了一眼面前浩浩荡荡的队伍，车马都已经归队准备出发，强大的蜥蜴骑士正大摇大摆地走在队伍的最前面。现在，彩虹之穹的爸爸也不信她，更加不会救她。她只觉得此趟远行，真是生死未卜，恐怕连朋友都未必能再见了。

"夏薇薇，就算拼了我这条老命，也要把你救出来。"达文西握住她的手不舍道。

林沐夏站在一旁不语，心里却难过得要命。

"够了！快走！"露娜轻蔑道。

"万箭穿心。"植安奎忽然大喊一声，温度骤然降低了好几度，漫天飞舞的都是密集的冰针，朝着露娜和她的队伍齐齐射去。

"快逃！"伴着一声低呼，夏薇薇的手上忽然加了一把力，身子毫无预兆地被植安奎扯出好远。

达文西和林沐夏跟着植安奎一起疯跑起来。

"绝对不能向恶势力屈服！什么狗屁恶魔公主露娜，管你是谁！"达文西忽然不怕死地嚷了一句，逃命途中竟不忘对露娜做出一副难看的鬼脸。

"就算要亡命天涯，我们几个人都要不离不弃地在一起。"林沐夏高声附和道。

"笨蛋！少废话，省省力气逃命！"植安奎扭头骂道。

只要在露娜之前冲出蔷薇花神的保护结界，他们就可以逃出。若带走夏薇薇，他们就无法打开蔷薇花神的结界，甚至永远被困在里面。

"给我吃了他们！"露娜在他们身后咆哮。蜥蜴骑士追着他们疯跑起来，扬起片片泥土。

"快到了！"植安奎看着不远处的一道白光结界，不由得加快脚步，欣喜道。

夏薇薇跟着他飞奔着，黑亮的眸子盯着他受伤流血的胳膊，一抹笑容渐渐扩散开来。她往前伸出手指，对着白色的结界，默念着咒语开启了结界之门。紧接着，她另一只手对着身边的植安奎用力一推，他的身体便先她一步冲了出去。林沐夏和达文西跑得太急，几乎是依靠惯性就直接跑出了结界。蓦然回首，夏薇薇却留在了里面。

"夏薇薇！你这个混蛋！"结界的出口越来越小，植安奎拼命往里面挤，想把夏薇薇拉出来。达文西和林沐夏也是一脸惊愕。

夏薇薇双眸颤抖着，她闭了闭眼睛，迅速念出咒语关闭了结界的门。

眼泪从眼角跌落,她不能这样逃走,蔷薇花神已经落入了露娜手中。她要守着它,就像它给她十二滴晨露救她一样。况且,她跟花神相通,露娜只要折磨蔷薇花神,她就不会好过,只会给植安奎他们徒增负担。与其这样,还不如跟露娜走。

"真是听话。"追来的露娜见夏薇薇孤零零地立在结界中,得意地冷笑道。

"我说好了要跟你走,就不会食言。"夏薇薇转身,目光坚定。

守财奴狄奥西多

蔷薇花神结界外，植安奎几乎虚脱，无力地垂下头，挫败感阵阵撞击他的心。夏薇薇留下来的心意，他怎么会不知道。但是究其原因，还是他不够强大，无法守护她！

"砰"的一声，植安奎懊恼地一拳捶在树干上，叶子被震得簌簌落下。

"我知道一个可以去云哆亚星球的方法。南海边上有一个星球渡口，据说那里有狄奥西多日夜摆渡，只要给他足够的金子，他就会把我们送到云哆亚星球上。"林沐夏急中生智道。

"金子？我的钱全部用来买时装了。"达文西一脸难色。

"我也听说过狄奥西多，幸亏你提醒了我。"植安奎听了，脸上立刻掠过一丝喜色，"那我们快出发寻找星球渡口，时间不等人。"

"等一下，可是你有钱吗？"达文西很小市民地扯住他的衣角。

植安奎愣了下，他确实没有钱。他瞥了一眼身边脸色微红的林沐夏，当然是林家少爷出钱，他们家什么都缺，就是不缺钱。

"达文西，如果你不介意，我现在就让比尔准备金子。"林沐夏眼眸微垂，有些不好意思。他可不想炫富。

"我当然不介意，能见到夏薇薇是最好的，呵呵。"达文西扯扯嘴角，心里乐滋滋的，有人愿意出钱，他何乐而不为。

没有夏薇薇的旅途让人感觉格外寂寞无聊，到达星球渡口时，天已经黑透了。

与他们同时到达的还有开着黑色劳斯莱斯豪车的比尔，车的后备箱里装满了金子。

"少爷，总裁希望你可以回去看看他。"法国男人比尔见到林沐夏，动情地说道。他尊贵温柔的少爷，虽然变得强壮了很多，可皮肤明显被晒黑了，衣着打扮也不如往日精致。

"请你转告父亲大人，过一段时间，我就会回去。"林沐夏点点头，他知道父亲希望他早日回去继承家产。可是夏薇薇的事情没有结束，他就无法安心。

"好的。"比尔违拗不了主人的命令，只好点头遵命。

他们辞别了比尔，刚刚跨入星球渡口的大门，小推车上装满金子的箱子顿时被光芒笼住，一个沙哑又贪婪的声音传来："这些都是贿赂给我的吗？"

"你是谁？干吗抢我们的金子！"达文西一屁股坐在箱子上，警惕地问道。

"我是暗夜之河的摆渡者狄奥西多，只要给我足够的金子，我可以带你们去任何想去的地方。"箱子不安地颤动起来，达文西差点被震翻到地上。

"成交！"林沐夏毫不犹豫，伸手往箱子上用力一拍。

"好，我喜欢爽快的生意人。"狄奥西多苍老兴奋的声音回荡在翻滚暗沉的河流之上。

"嘎吱——嘎吱——"河面上传来摇橹声。

不一会儿,一只木质的小船穿透厚重的雾霭,露出了尖尖的船头。

"不会吧,这么破的船,还收一箱子金子做船费!"达文西见到船的全貌,不由得乍呼起来。

林沐夏连忙捅捅他,示意他不要多言。狄奥西多是出了名的吝啬鬼,他赚了很多钱,却舍不得买新衣服,更加舍不得换一艘漂亮结实的船。他只爱把钱攒起来,每晚要抱着金子才能入睡。

"我要先收走船费了。"一个戴着黑色斗篷,穿着破旧蓑衣的中年男人立在船头,他只是轻轻摇摇手指,达文西屁股下的一箱金子便消失在雾霭中。

"砰"的一声,达文西跌坐在地上,痛得哇哇直叫。

"请将我们送到云哆亚星球上去。"植安奎先一步上船,对着船夫说道。

林沐夏和达文西随后跟上,船不平衡地乱晃起来,差点把达文西摇下去。

"救命!"他一把抱住了前面的林沐夏,两人一起晃悠起来。幸好植安奎早已稳住身体,伸手拉住了他们。

"船小,请你们坐稳。"狄奥西多掉转船头,朝着一望无际的滔滔大河划去。

三个人勉强坐定,船底破了一个洞,正不断往里面进水。黑黏的河水有些瘆人。

达文西刚想提醒狄奥西多补船,黑色的篾篷上挂着的破门帘被撩起一角,一个身影单薄的少年走了出来。他手里拿着一个木盆,找准船底破了的地方,弯腰将海水舀起,泼到船外去。

"还有这里,怎么全都是水,一点卫生都不讲。"达文西拍拍黑衣少年的肩膀,指着脚边未舀尽的水,提醒道。

少年的身形顿时一滞,他忽然抬起头,一双灿紫眸子对上了达文西的眼睛。

"野栗恩！"达文西吃惊地掩住嘴巴，目光惊恐。

野栗恩没有答话，只是弯腰欲把河水舀出去。

"呃……呵呵，我亲自来吧。"达文西吐吐舌头，连忙去抢野栗恩手里的木盆。他怎么敢使唤神出鬼没的野栗恩，万一开罪了她，到时候就惨了。

植安奎警惕地看着野栗恩，之前如果不是她来帮夏薇薇获得十二滴晨露，可能夏薇薇早就没命了！可是为什么她又替露娜开启蔷薇花神的结界，害他们遭受攻击呢？偏偏现在又在狄奥西多的船上遇到她，真是让人匪夷所思。

野栗恩并不松开木盆，转眼间，船里渗进的河水更多了。

"笨手笨脚的！"伴着狄奥西多不悦的怒斥声，沉重的木桨猛地击打在野栗恩的小腿肚上，白皙的皮肤立刻红肿起来。

"啊！"达文西吓了一大跳，立刻松开木盆。

野栗恩冷漠的脸动都没动一下，仿佛挨打的不是自己，继续埋头工作。

植安奎狐疑地盯着野栗恩，她跟狄奥西多到底是什么关系？

野栗恩把船里的水舀尽，完全无视植安奎等人，掀起门帘钻进了篾篷。

"船长，我想借你的篾篷一用。"植安奎忽然站起身，对狄奥西多说道。

"可以，不过，需要加船费。"狄奥西多扭过身来，细缝般的眼睛闪着亮光，一副老奸巨猾的模样。

"这个请您收下。"林沐夏早有准备，将一袋沉甸甸的金子递给狄奥西多。

他的双眼更亮了，捧着金子连连点头。

植安奎心领神会地看了一眼林沐夏，弯腰进了篾篷，船舱窄小逼仄。

"嗖"的一声，闪着寒光的黑蝴蝶剑迅速逼到了植安奎的颈处。

"你跟踪我？！"野栗恩警惕道。

"我付了钱，被允许进入这里。"植安奎不动声色地将贴着脖子的冷剑撇开。

野栗恩冷哼一声，收回了长剑。

"卡卡呢？"植安奎干脆坐在舱中，问道。

"死了。"野栗恩声音淡漠，牙齿把下唇咬得发白。

植安奎没想到野栗恩会如此直白，不由得惊了下："你为何救了夏薇薇，又去帮露娜？狄奥西多打你，你为何强忍着？"

"不用你猫哭耗子假装好心！"野栗恩敏感道，她像是受了打击般，瘦弱的肩膀剧烈地往下一垂，忽然又强装坚强地挺直腰，莽撞地大步闯了出去。

"啪"的一声，一个牛皮册子从她身上掉落在地，野栗恩竟然丝毫没有意识到。

植安奎完全捉摸不透野栗恩在想什么，他弯腰捡起残破的牛皮册，无意间瞥见上面写着"卡迪娜王妃"几个字，不由得一惊，趁着船舱没人，细细地翻看起来。

"鲛王的爱人伊丽丝用卡迪娜王妃的双目换取青春和美貌。执行者：野栗恩。已执行！"

"魔笛那波家族为女儿雨声治病，用世代家产换取夜明珠一对。执行者：狄奥西多。已执行！"

"……"

植安奎震惊地翻阅着，狄奥西多的每一桩生意都记录在案，目光忽然落在近期发生的一次交易记录上。

"夺取彩虹之穹的七公主夏薇薇的心，执行者：野栗恩。未执行。"

这条指令还特意标注了加重的红线。他不由得想起野栗恩一直以来奇怪的举动，上次在冰山之巅，她的长剑不就是朝夏薇薇的胸口刺去的吗？

"植安奎大魔法师，我们到了。"舱外响起达文西客气的声音。

他吓了一跳，迅速将牛皮册子塞到衣服里，面不改色地走出舱门。

紫色的"时光之门"已经被开启，潋滟的光波闪烁。

"欢迎你们下次乘坐。"狄奥西多点头哈腰道。

达文西看着身边低着头的野栗恩，用胳膊肘碰碰她，小声劝道："跟我们一起走吧，这里不是好地方。"

野栗恩果断地往外移了半米，面容冰冷，达文西那颗心顿时碎成了一片渣。

"我们走！"植安奎皱眉看了一眼野栗恩，快步踏入了紫色的光波。

如果野栗恩始终没有放弃执行牛皮册上的任务，那他就不得不防。

而云哆亚之行，到底又有多少危险在等着他们呢？

第6章
花神的拯救之路

🌸 上流社会的贵族小姐
🌸 夏薇薇的替身公主

【出场人物】

夏薇薇，恶魔公主露娜，不笑的猫，植安奎，达文西，
林沐夏，精灵小樱，野栗恩，四大蜥蜴骑士

【特别道具】

鹅颈灯

上流社会的贵族小姐

云哆亚星球上悬浮的空中宫殿里，璀璨的水晶吊灯闪着莹白的光，铺着实木地板的舞池里，举止优雅的社交名媛们端着高脚酒杯，纤腰靠在贴着金箔的米白色木桌旁，谈笑风生。空气中弥漫着奶油香，轻快的舞曲悠扬。

哥特式的门被推开了，一个身材高挑、卷发披肩的女生走了进来。她戴着深紫色长手套的双手轻轻提起蓬开的蕾丝裙摆，将身形修饰得极美的长裙上，朵朵精致的银色簪花绽放开来，裸露在外的肩膀像玉石一般光滑。

舞池里所有的人都忍不住朝她看过去，他们从来没有见过如此光彩照人的贵族小姐。她的黑发在灯光下泛着光泽，微翘的红唇像刚刚成熟的樱桃，笔挺的鼻梁两边，深邃黑亮的眸子略带一丝焦灼，可这丝毫不影响她的绝世美貌。

"她是哪家的小姐？怎么以前都没听说过？"有几个穿着奢华贵族服

装的男子靠在一起私语道。

"对啊，气质不同于常人。"有人附和。

"看我们谁能先博取这位小姐的欢心。"几个年轻人举杯打赌道。

夏薇薇一脸烦恼地环顾四周，要是在以前，她一定会很喜欢参加宴会这样的活动。可现在她是被露娜强迫的。露娜像打扮玩偶一般，给她穿上漂亮衣服，送她进入云哆亚的上流社会。可是她明显感觉到一股腐败气息，所有的贵族每天只知道吃喝玩乐，纵情于豪华奢侈的生活中。他们丝毫不知道，在悬浮宫殿下，自己的家乡，云哆亚星球已经被破坏得面目全非了。

"尊贵的小姐，我能跟您跳一支舞吗？"夏薇薇的思绪突然被打断了。

一个穿着金色绸缎礼服的男生很有礼貌地向她鞠了一躬，伸手邀她跳舞。

夏薇薇犹豫了一下，忽然瞥见不远处几个男生正用看好戏的眼神盯着她。

呵，真是一群庸俗的家伙。

夏薇薇理都没理邀请她跳舞的人，板着脸转身朝着不远处的餐桌旁走去。

身后立刻响起一片哄笑声，邀请她跳舞的男生被大家嘲笑了。

"哼，现在你是上流社会的小姐，摆一张臭脸给谁看呢？"露娜的声音忽然传来，压在夏薇薇耳边。

夏薇薇顿时起了一身鸡皮疙瘩，露娜真是阴魂不散。

"我警告你，如果你博得了他们的喜爱，财富就会源源不断地来，我也会考虑不动蔷薇花神；否则，你就等着瞧吧！"露娜威胁道。

夏薇薇的大脑急速运转，她要是对抗露娜，一定没有好下场，为何不顺从她的意思，寻找机会逃脱呢？反正哄别人开心又不会掉块肉！

"只要你不碰蔷薇花神，一切都好说。"

"这样才像话！"露娜把一份精致的西点放到夏薇薇手里，微扬下巴指了指不远处正偷看夏薇薇的男生道，"跟他多聊聊，他们家可是云哆亚的首富。"

夏薇薇顺从地点点头，心里升起一股反感。她朝着男生走了过去，露出甜甜一笑："我为你拿了些点心过来，不知道是否适合你的口味？"

"啊！我最爱吃这款蛋糕了。"男生两只眼睛放出桃心，激动不已地接过夏薇薇手里的蛋糕，狼吞虎咽起来。

夏薇薇暗叹他的教养未免太低，穿着却奢华无比。她想着已经哄他开心了，抬脚就要走。

"我从来没有见过像你这么漂亮的小姐，如果你愿意做我的未婚妻，我愿意把一切都献给你。"耳边传来"扑通"一声，夏薇薇的手也被紧紧握住了。男生猛地跪在地上，情绪激动地说着，始终不肯松开她。

夏薇薇震惊地看着他，这个星球的人也太直接了吧！她绞尽脑汁，不知道该如何拒绝他，脑海中忽然浮现出植安奎的脸。夏薇薇如同抓到救命稻草一般，彬彬有礼地笑道："对不起，我已经有未婚夫了。"说完，她的脸唰地一下红了。

"他是谁？"男生不甘心道。

难道要说出植安奎的名字吗？他知道的话，一定会骂死她的。

"是我！"耳边传来无比自信的声音，听起来极为耳熟。

夏薇薇的肩膀上，一只手臂忽然搭了上来，紧接着，她被抓住的手也被他救了出来，反握在他手里。

夏薇薇惊讶极了，侧头看着突然冒出来的男生。他戴着一副黑色的墨镜，竖起的发型梳得很潮，华丽的浅咖色外套上缀满了亮闪闪的钻石，修长笔直的双腿，脚上穿着一双锃亮的皮鞋。可是无论他如何乔装打扮，都难逃夏薇薇的法眼。

他完全无视跪在地上男生下巴都快掉下来的表情，挽着夏薇薇朝着人群外走去。

"植安奎，你胡闹什么？"夏薇薇顺从地跟在他身边，心里却紧张极了，小声问道。

"我才没胡闹。刚刚说是你未婚夫的话，我收回。"植安奎一把松开她，申明道。

"我才不要当你的未婚妻呢！"夏薇薇不满道。

一道黑影突然停在了夏薇薇身边，尖尖的恶魔翅膀扇动着。夏薇薇浑身哆嗦起来，露娜一定发现了什么。

"这位是巴菲特先生，是云哆亚星球的名门贵胄，夏薇薇你一定要好好待他。"露娜笑得一脸谄媚，威胁地盯着夏薇薇。

"……我知道了。"夏薇薇听话地点点头。她一脸狐疑地盯着植安奎，大眼睛在问："你怎么改名叫巴菲特了？"

植安奎高傲地扬起下巴，酷酷地说道："这位小姐的脾气不是很好，我希望她能够改改。"

夏薇薇气得腮帮子都鼓起来了，愤怒地盯着植安奎，自己哪里脾气不好了？

"听到了吗？改改你的脾气！"露娜怒视夏薇薇道。

"是。"夏薇薇无法，像泄了气的皮球般，垂下了头。

植安奎戴着墨镜的脸上，不经意地掠过一抹得意的笑。

他带着夏薇薇朝着贵宾室走去，那里是露娜专门安排的私人空间，只有身份高贵的人才可以去。

贵宾室里极尽奢华，墙壁上挂满了漂亮的浅紫色美人樱小吊花，发出沁人心脾的清香。

夏薇薇和植安奎同坐在铺着金色绸缎的沙发上。不一会儿，一位打着领结的侍者就推着一辆银质的餐车走了进来，上面有层次地放着鲜花、美酒，还有很多不知名的美食。

"你下去吧，我们需要的时候再叫你。"植安奎很少爷范儿地命令道。

"是，巴菲特先生。"侍者彬彬有礼地退了出去。

夏薇薇见屋子里四下无人，再也忍不住心头的疑惑，急问道："到底是怎么回事？"

"饿死了！"沙发后面忽然传来达文西的声音。紧接着，一身小丑打扮的达文西冲了出来，摘下小丑的大红鼻子，抓起餐车上的食物，狼吞虎咽起来。

"夏薇薇，见到你很开心。"一身仆人装扮的林沐夏走到夏薇薇身边，笑容有些腼腆。

咕噜噜，林沐夏有些难为情地捂着肚子。

"太好了！你们怎么都来了！"夏薇薇开心地跳起来，抱抱达文西，又抱抱林沐夏，就是无视沙发上的植安奎。

"小夏薇薇，你不知道云哆亚星球有多恐怖！我们坐船到这里后，竟然找不到吃的，一直饿到现在。"达文西的嘴巴里塞满食物，含糊不清道。

"快吃吧。"夏薇薇把食物送到林沐夏手边，关心道。

"我也没吃饭呢。"植安奎窝在沙发上摆臭脸。

"那你们是怎么进来的？"夏薇薇装作没听见植安奎的抱怨，守在达文西身边好奇地问。

植安奎的脸顿时黑了，可是他看到餐车上散发着诱人香味的美食，终于舔了舔嘴角，不客气地吃了起来。

"悬浮城堡戒备森严，我们本来打算偷偷潜入，结果那帮可恶的士兵竟然放恶狗追我们。还好我们跑得快，要不然……哎哎……"达文西夸张地抹了一把眼角纵横的泪水，无所畏惧道，"只要是为了见我的小夏薇薇，恶狗算什么？！后来我们又编了很多绳索，打算爬上去……"

"结果凡是出自达文西之手的绳索都毫无悬念地断了。"植安奎冷不丁地插了一句。

"植大魔法师，多亏了林沐夏这么一摔。要不然我们怎么会想到这么好的点子呢？"达文西狡辩道。

林沐夏白皙的脸色漾起一抹红晕，三条绳索，偏偏是他挑中了达文西编的绳索爬墙，每次受伤的都是他。

"什么点子？"夏薇薇追问道。

"当然是放之四海，哦不，放之宇宙而皆准的'金钱不是万能的，但没有钱却是万万不能的'行为准则！植安奎扮演阔少爷，我演他身边的世界顶级魔术师，林沐夏呢，就演植安奎的贴身仆人好了。"达文西笑得一脸得意。

夏薇薇无限惆怅地看了一眼他身上花花绿绿的服装，怎么看怎么像小丑。倒是林沐夏，扮演仆人实在太亏了，那么好的气质！简直比窝在沙发上冒充少爷的植安奎大魔王帅一百倍。

"嗯？"正在吃东西的植安奎瞟了一眼夏薇薇，感到一股恶寒从她那边传来。

"巴菲特先生，那么接下来你们是怎么想的？"夏薇薇故意唤他假名。

"矫情。"植安奎一点不给夏薇薇面子，气得夏薇薇的脸都绿了。

"根据我们的调查，云哆亚星球名存实亡，露娜之所以大肆吸引各地的名门贵族到悬浮宫殿来，主要目的是筹钱。而且她故意让贵族们沉浸在奢华的生活中，乐不思蜀，这样就会有源源不断的财富汇聚到悬浮宫殿里来，支持她的斗兽场事业。"植安奎神色严肃，双手托着下巴道，"露娜就是通过这种手段，将各方实力全部聚集在自己手里，逐渐控制了云哆亚星球。"

"那我们之前看见有很多大型动物被抓，也是露娜干的吗？"夏薇薇惊问道。

"她唯一的喜好就是观看斗兽场的人兽搏斗，云哆亚星球的资源就是被她这样耗费尽了。"植安奎低声道，"悬浮城堡的底层就是一个大型椭圆斗兽场，但是一般人进不去。夏薇薇，我们的初步计划是相互配合，取得露娜的信任，将蔷薇花神救出来。"

"我明白了。"夏薇薇认真点点头,只有救出蔷薇花神,她才能不受牵制,蔷薇劫难也才会被破解。

"不知道你们聊得怎么样了?"贵宾室的门忽然被打开了,露娜抱着不笑的黑猫,大步走了进来。

正猛吃的达文西被噎住了,机械地背过身,憋得脸色通红。

"夏薇薇小姐是位幽默又可爱的女士。"植安奎端起一杯水,巧妙地递到达文西面前让他润喉,笑容满面道,"她这么优秀,我更加坚定要娶她的想法了。"

"太好了!"露娜啪啪地鼓起掌来。

夏薇薇阴沉着脸,双眼冒火地瞪着植安奎。林沐夏的脸色也不好看,但是他知道植安奎是在演戏骗露娜。

"今天我累了,想先回去休息,明天我再来见我的未婚妻。"植安奎打了个哈欠,伸伸懒腰道。随后他接过林沐夏递上来的一个漂亮的绸缎锦盒,举止轻浮地送到露娜面前,语气暧昧道:"为了感激您让我与未婚妻重新见面,这是我的一份心意。"

露娜心领神会地打开盒子,炫目的白色光芒闪过,竟然是一颗拳头大小的珍珠,绝对价值不菲。露娜的眼睛立刻亮了起来,十分客气道:"愿巴菲特先生好梦。"

植安奎点点头,刚刚走了几步,袖子忽然被达文西扯了一下。只见达文西双眼放光地盯着餐台。

"晚上请为我准备夜宵,送到我房间里去。记住,一定要——豪华!"植安奎演技极好地一字一句地吩咐道。

"遵命。"露娜诚惶诚恐道,目送植安奎一行人离去。

"你脸上不情愿的表情是怎么回事?未婚夫来了,不开心吗?"露娜注意到夏薇薇脸上的不悦,怒道。

"不是不是,我只是太激动了,毕竟我跟巴菲特先生很久都没见面了,而且他竟然迷恋小丑,我觉得他变了。"夏薇薇矢口否认。她只是觉得植安奎扮演少爷嚣张的模样让人有点讨厌罢了。

"呵，你记住了，巴菲特先生家里很有钱，如果你敢让他不开心，我就让你和蔷薇花神好看！"露娜气呼呼道。

夏薇薇只好低眉顺眼地服从她。

"公主殿下，鹅颈灯快要熄灭了。"正说着，贵宾室里忽然闯来一个神色慌张的侍女。她怀里抱着一盏细长的米色长灯，灯罩是玫瑰花瓣形状，渐浓的红色一点点往上晕染，十分雅致。灯忽闪忽闪的，发出晶莹的蓝色光泽，更加让人称叹的是，蓝色的荧光照在人身上，仿佛春风拂面般让人精神一振。

"蠢货。"露娜瞪了侍女一眼，接着从怀里掏出一瓶红色的液体，打开灯罩，将液体倒了进去。

"嗞嗞嗞"，鹅颈灯发出油煎般的噪声。不一会儿，蓝色的光芒忽然迸射开来，贵宾室里顿时明亮起来。夏薇薇只觉得身心一阵欢愉。

看来露娜的宝贝真是不少！

然而，她忽然发现一个手掌大小的人影正疯狂地挣扎着，但还没看清楚，灯就忽然暗了下来。

"没用的东西。"露娜低声咒骂一句，对侍女冷声道，"拿下去，我回去处置。"

侍女立刻抱着灯离开了。

夏薇薇暗想，露娜这是又弄了什么稀奇古怪的东西。

"露娜公主，巴菲特先生明天要我陪他逛一逛空中城堡，我想去熟悉一下地形，免得明天出丑。"夏薇薇看看已晚的天色，暗想要早日找到安置蔷薇花神的地方，早日脱身，便随意扯了个谎。

"去吧！拿着这个。"露娜点头道，将一个小铜牌塞到她手里。

夏薇薇低头一看，竟然是通行证。她终于松了一口气，快步走出贵宾室，沿着拐角处石刻的楼梯，急急忙忙地往下奔去。

夏薇薇的替身公主

城堡像一个大烟囱，越往深处走，路就越黑。

混浊的空气里弥漫着一股腐肉的臭味，实在难闻。每一个楼梯拐角，都有一个士兵把守。夏薇薇把手里的通行证给他们看了，才被放行。

曲折循环的楼梯望不到尽头，夏薇薇没看清脚下，一个趔趄差点摔下去。她惊恐地抱住楼梯扶手，无尽的黑暗惊得她一身冷汗。

然而，看不到底的深渊里，突然掠过豆大的晶莹蓝光，乍看过去，惊得她一阵心潮澎湃。

夏薇薇像是着了魔，沿着楼梯跌跌撞撞地往下跑。

"铛"的一声，她刚刚到楼梯拐角，两把冰冷的兵器立刻架在了她的脖子上。

"没有公主的允许，私人不可闯入。"严肃的声音传来。

夏薇薇僵直着身体，颤抖地将手里的通行证拿出来，故作镇定道："这是露娜公主给我的通行证，你们也敢拦！"

"这里是禁区，持通行证也不能进入！"士兵瞟了一眼通行证，制止道。

"不对啊，公主殿下明明说可以的啊？"夏薇薇抢回通行证，目光依旧紧紧追随着那抹奇异的蓝光。

"哎哎，我要回去问问公主殿下。"她把通行证放到怀里，一转身，无比惆怅地叹息一句。

自己应该没有那么容易死掉吧？

夏薇薇干脆闭上眼睛，咬紧牙关，高跟鞋在楼梯上猛地一崴。

"啊——"她一声尖叫，像个球一般从楼梯上急速地滚了下去。

"痛痛痛——"

夏薇薇的身体被楼梯硌得生疼，偏偏接下来的一段楼梯又没有扶手，她的身体没被拦住，而是直接摔下楼梯，朝着一片未知的虚无，直直地坠落下去。

"救命！"夏薇薇厉声叫了起来，她只想滚下楼梯，躲过士兵，却没想坠崖自残啊！

耳边忽然传来铃铛般清脆的声音。

"如果我救了你，你愿意救我的恋人吗？"说话的女生声音极小，带着一丝惆怅和期冀。蓝光越发盛了，照在夏薇薇的脸上。

"救——"夏薇薇快吓疯了，现在只要有人来救她，她什么都可以答应。

"那我们说好了，我救了你，你一定要救他。"女生言辞恳切，娇小的身体围着夏薇薇转了一圈。不一会儿，夏薇薇就像躺在一张床上般，稳稳地停在了半空中。

"呃……谢谢你了。"夏薇薇被温柔的蓝光包围着，感到身体被轻轻往楼梯上移，她终于舒了一口气。

灵巧的蓝光甚至改变了她的姿势，让她平坐在阶梯上。

忽然，一个长着翅膀的蓝色小精灵落在了她的膝头。

"好可爱！"夏薇薇忍不住惊呼起来，双眼冒出桃心，盯着小精灵。她浑身上下是剔透的蓝，尖尖的耳朵翘起，漂亮的金发弯成可爱的弧度散落在肩膀上。身上穿着郁金香花瓣做成的衣服，脚上是一双用忘忧草编成的鞋子。漂亮的后背，一对透明的翅膀不停地扑扇着，点点荧光四散开来。

"我来自云哆亚的精灵之谷，叫小樱。"小精灵眨着琥珀般灵动的眸子，长睫毛轻颤着。

夏薇薇伸手放到她面前，小樱轻轻一跃，就跳到了她的手心里，挠得夏薇薇手心一阵酥痒。

"你刚刚要我救谁？"夏薇薇可不是忘恩负义的人。

"我的恋人，精灵之谷的王子逸汐，他为了拯救家园，只身去跟露娜战斗，从此再无音信，我真的好担心他。"小樱的大眼睛里噙满泪水，"小樱太没用，被困在史町克之巢里，没办法去救他。"

夏薇薇看到小樱难过，连忙安慰道："我一定会帮你找到他的。可现在我来这里是为了找蔷薇花神，实不相瞒，我也是被露娜抓到这里来的。"

"这里没有蔷薇花神。"小樱摇摇头道，"这里除了四大蜥蜴骑士，什么都没有。"

"你是说四大蜥蜴骑士被关在这里？"夏薇薇心惊肉跳道。

小樱点点头，从夏薇薇的手心里飞至半空中，为难道："我一靠近蜥蜴骑士，身体就会消失，所以我不能给你带路。请你一定要记得帮我找到逸汐王子殿下，小樱一定要等到再见逸汐殿下一面才会甘心。"

小樱说完，用力地扇动翅膀。蓝色的星星沙散落下来，形成一个又一个路标。

"小樱，谢谢你帮我。"夏薇薇不敢耽误时间，循着路标迅速往下跑去。

空气里的腐臭味道越来越浓，几乎让人窒息。幸亏有小樱的路标给她照明,她才勉强看到路。

眼前是一个长满铁锈的小门,夏薇薇用力将门拉开,"咣当"一声,铁门坠落下去。

一股强烈的臭味传来,夏薇薇掩住口鼻,睁大眼睛看过去,脚下竟然有一条石刻的楼梯,又窄又陡。

她把长裙挽在腰上,脚试探性地往下踩。她刚刚踩稳楼梯,小樱变的明亮路标忽然就消失了。

四周顿时陷入一片黑暗之中,夏薇薇的心不由得咯噔了一下,悬在陡峭的楼梯上寸步难行。

"有人闯入史町克之巢!大家快点抓住她!"头顶上传来士兵嘈杂的脚步声和怒喊声。

夏薇薇什么也顾不得,她若往上走,会被士兵逮个正着,若往下走,说不定还有活路。

她脚步匆匆地往下走,楼梯修得极为整齐,她的速度也极快。

不知过了多久,她的脚忽然踩在了一个极为宽阔的平台上,似乎到底了。

"啊——"她还没有反应过来,脚下的平台忽然急速移动起来。她站不稳,摔倒在了平台上。手掌一片腥臭湿黏,耳边还有动物狂奔时发出的呼啸声。平台猛地往下一坠,又猛地往上一抬。

夏薇薇感到身下的平台一颤一颤的,还夹杂着动物把肉撕扯开来,往下吞咽的咂巴声。

完了!

她觉得汗毛直竖,吓出了一身冷汗。她身下的东西,应该就是蜥蜴巨兽的头吧?

夏薇薇闭上眼睛,连想死的心都有了。

"过来!"黑暗中,有一只手试探性地来抓她。

"谁?!"夏薇薇剧烈地颤抖一下,瑟缩地往后退。

来人顿了下，良久才吐出三个字："野栗恩。"

听到这个熟悉的名字，夏薇薇顿时有了一丝希望。她迅速握住野栗恩的手，两人沿着蜥蜴巨兽庞大的身体，一路疯狂逃命。

"跳！"伴着野栗恩的吼声，夏薇薇立刻纵身一跃。

脚下一个踉跄，她已经跟着野栗恩落入了一个小洞穴里。

"刺啦"一声，伴随着野栗恩划火柴的动作，微弱的黄光亮了起来。

"你怎么会在这里？"夏薇薇气喘吁吁地问道。待野栗恩把灯点上，她才看清楚面前的景象。偌大的椭圆形建筑里，结实的石墙高高矗立，石面上粘着乌七八糟的腐物。四大蜥蜴巨兽正围在一起撕扯着什么，其中一只蜥蜴的尾巴恰好对着这个洞穴。她简直无法想象自己竟然在它身上跑了一趟。现在想想，她都觉得双腿发软。

野栗恩盯着脸色煞白的夏薇薇深深地看了几眼，忽然道："我们换衣服。"

"你想穿我这件衣服吗？它已经脏了，等我回去挑选更好的衣服给你。"夏薇薇揪着自己的衣服解释道。

"这个隧道可以逃出空中城堡，蔷薇花神正在被送往暗夜之河的路上，若是没有人阻止，一旦与狄奥西多完成了交易，就再也别想拿回来了。"野栗恩语气很急，紫色的眸子闪着坚定的光芒。

"可是你冒充我，一旦被露娜发现，肯定会没命的！"夏薇薇惊讶道。

"呵，我的命，早就不值钱了。"野栗恩冷笑一声，严肃地看着夏薇薇，道，"要我亲自动手脱下你的衣服吗？"

夏薇薇无奈，只好与野栗恩换了衣服。

令人惊奇的是，野栗恩不知从哪里弄来了一顶黑色假发，又轻念咒语，紫色的眸子顿时变成了黑色。在昏黄的光芒照耀下，简直跟夏薇薇长得一模一样。

夏薇薇一阵晃神，差点以为对面的人就是自己。

"别磨蹭,快去!"野栗恩语气坚决,眉眼间的果敢跟夏薇薇判若两人。

"那你要小心。"夏薇薇愣了一下,转身朝着黑黢黢的隧道钻了进去。

野栗恩看着她的背影,心突然一酸,明明是亲姐妹,父母为何偏偏不要她?

她强压住心头的悲伤,站起身来朝着史町克之巢外爬去。

野栗恩刚刚爬出陡峭的石阶,几道强光就照在了脸上。

"大胆,竟然敢私闯禁地!"几个士兵怒道,将她一把拽起,往顶上大步走去。

野栗恩已经累极了,她好不容易凿穿了石墙,还用尽全身力气把腐肉扔下去,吸引蜥蜴巨兽的注意力,才勉强将夏薇薇救了出来。现如今,她一点力气都没有,两边有士兵架着,刚好省了脚力。

就这样一直爬楼梯,不知道爬了多久,光线逐渐明亮起来。她被几个侍女接手,再次架着往走廊里拐。

一个豪华的门被打开了,"扑通"一声,她被几个侍女丢在了地上。

"夏薇薇,你好大的胆子,竟然敢乱闯禁地!"一个嚣张的女声传来,听得野栗恩一阵反感。

野栗恩冷着脸,用不带感情的目光扫了她一眼,冷声道:"我是不小心掉下去的,那种破烂地方,请我都不愿去!"这话说完,野栗恩高傲地站起身,旁若无人地端起一杯水,咕咚咕咚地喝了起来。她真的又渴又累。

露娜显然被惊了一下,怒道:"我没要你起来,你怎么敢违拗我的意思?"

"哼,我是彩虹之穹的公主殿下,哪有向你下跪的道理!"野栗恩目光一凛,回敬道,"我累了,要去休息,如果你有诚意,就把你的宫殿修得结实点。"

"你——"一向高傲的露娜被气得一句话都说不出,只好目送着野栗恩甩臂离去。

野栗恩沿着铺着波斯地毯的走廊往卧室的方向走,她下意识地摊开手掌,茧子和血泡布了满满一层,火烧火燎地痛。

"夏薇薇?!"一声惊叹在耳边响起,抱着一匝文件的林沐夏跟她撞了个正着。

野栗恩有些不自然地扭过头,全当没看见他。不想胳膊却被他一把抓住了,林沐夏声音温柔:"你去哪儿了?怎么浑身脏兮兮的,还有这手,痛吗?"

"不用你管!"野栗恩如同触电般抽回自己的手,仓促地转身离开。

林沐夏诧异又受伤地望着她匆匆离去的背影,夏薇薇如今对他真是一点情分都没有了。

悬浮城堡的隧道里,夏薇薇用尽全身力气往外爬。她强烈感受到蔷薇花神无奈的呼唤和求助,这让她更加紧迫了。

她甚至不知道在黑暗中爬了多久,终于看到前方有一点点亮光。夏薇薇心头一喜,朝着洞口飞快地爬去。

"夏薇薇!"是植安奎急切的呼唤声。

夏薇薇的心咯噔了一下,她嗓子干涩地喊道:"植安奎,我在这里!"

身体在跃出洞口的一刹,被一双手臂紧紧搂住了。植安奎不由分说,单手握着悬在半空中的绳索,另一只手揽住夏薇薇的腰。两人飞一般直直地往下落。

植安奎双脚稳稳落地,溅起一片烟尘。

"你们总算来了,我已经花重金跟狄奥西多约好了,一个时辰之内不让他靠岸。"达文西咋咋呼呼地跑了过来。

"办得好。"植安奎赞扬道。他看向夏薇薇,说道:"蔷薇花神现在正在运往星球渡口的路上,我们只要能劫下马车,救走花神就可以了。"

"好。"夏薇薇应道,心里却满腹不解,"你们跟野栗恩商量好的吗?

林沐夏呢？"

"哎……"达文西听了，竟然垂头长叹了一口气。

"怎么？发生不好的事了吗？"夏薇薇急了。

"等救下蔷薇花神，我再一一向你解释。"植安奎打断她，语气不容反抗。

夏薇薇只好噤声，毕竟救蔷薇花神是头等大事。

三匹快马早已准备好，夏薇薇不再犹豫，动作潇洒地跨上马背，朝着前方一路疾驰而去。

"花神啊花神，如果您听得到您的孩子的召唤，请您务必让出卖您的马车跑慢点，让我们可以早点解救您。"

夏薇薇在心里默默祷告着，心跳骤然加速，并感觉到了花神的回应。

第7章
精灵王子的恋人

🔔 孪生公主
🔔 请你代替我守护她

【出场人物】

夏薇薇，植安奎，达文西，野栗恩，林沐夏，
恶魔公主露娜，不笑的猫，精灵王子逸汐，
四大蜥蜴骑士，精灵小樱

【特别道具】

精灵之谷

孪生公主

夏薇薇身下的马出了一层细汗,"哒哒"的蹄声阵阵。

前方朦胧的紫红色光芒渐盛,尽管花神上罩着一层厚厚的锦缎,依旧无法掩盖它的光芒。

花神被几百个士兵护在最中央,想要突破层层包围,确实极难。

"达文西,你负责引开后面的士兵,记住只要一直策马飞奔就对了。"植安奎对达文西吩咐道,接着对夏薇薇说:"试试爆发心中的小宇宙,最好能将蔷薇花神带在身边。它是灵物,若愿意信你,自然是可以缩小身体的。"

"我会努力的。"夏薇薇重重点头道。她目光如炬地盯着前方的花神,手里的缰绳握得更紧了!如植安奎所说,一定是她不够强,花神才不愿意被她带在身边。

"植大魔法师,你不会要我当诱饵吧?万一我被他们追上,'咔嚓'了,怎么办?"怕死的达文西惶恐地看着前方黑压压的战士。

"往密林里冲,那些动物们长期受到士兵们侵扰,一定会帮你的。"植安奎提醒道,随即丢给达文西一把锋利的匕首。

"啊——你不会要我关键时刻自己了结吧?"达文西掂着如同烫手山芋的匕首,颤音道。

"要是士兵们逼近你,就把匕首刺到马屁股上。只要你抓稳缰绳,就会保全性命。"植安奎语速极快道,"快去吧!"

达文西咬紧牙关,一副壮士一去不复返的悲壮表情,跑到队伍最后,忽然一把将植安奎给他的救命匕首丢了出去,大叫一声:"你们有本事的都来抓我!我早就看你们这帮兔崽子不顺眼了!"

"铛"的一声,匕首恰好砸中一位士兵的头。他捂着头,愤怒地瞪着达文西。

"那个……追我之前,先把匕首还我。"意识到失误的达文西苦着一张脸,指着地上的匕首,委屈道。

士兵被激怒了,掉转马头朝着达文西一路狂追。

"妈妈啊,救命!"达文西惨叫着绝尘而去,成功将车队后面的一队士兵引走了。

"趁现在!"夏薇薇目光坚决,双腿用力夹紧马背,借力往空中跳。与此同时,植安奎凝结出冰造滑板,送至夏薇薇脚下。她双腿往前一蹬,身体就朝着装有蔷薇花神的马车飞了过去。

"有人抢夺蔷薇花神!"士兵们狂躁不安地喊道,队伍也混乱起来。

夏薇薇只顾着蔷薇花神,剩下的都交给了植安奎。

她闭上眼睛,双手合十,对着蔷薇花神默默念道:"如果您愿意跟我走,我愿意倾尽全力守护您。"

"冰蝶!"坐在马上飞驰战斗的植安奎,修长的指尖不断飞出莹白的蝴蝶。这看似弱小的生命,一旦冰化,就能发挥出强大的战斗力。

士兵们还未看见翩然的蝴蝶飞来,身体就被冻僵了。

"夏薇薇,要快!"植安奎说话间,又打倒了两个士兵。眼看着一个时辰快要到了,如果再不阻拦,很快狄奥西多的船就会划过来,到时候哪怕有一个士兵说要用蔷薇花神做交易，狄奥西多都不会拒绝的。

"花神，我好话说尽，您都犹豫不决。如果您不愿意跟我走，那咱们干脆都壮烈牺牲好了。"夏薇薇急得头顶冒汗，她无论如何都没有想到花神是一个极为懦弱虚荣的存在，它怕被卖，又不想收敛自己的美丽，变小身体跟着夏薇薇受罪。

果然，这句话刚刚说出口，花神的身体骤然抖了几下，一道璀璨的红色光芒闪过，半空中兀自多了一朵小蔷薇花，通体发出夺目的光芒。

"花神，委屈您了。"夏薇薇为难道，她将车上的锦缎撕下一块，将花神裹起来藏在了怀里。

"植大魔法师，救命啊！"达文西的号叫声突然传来，植安奎朝他看去。

只见他身下的马匹吐着白沫，疯了似的乱冲。马后面更是夸张地拖了三捆荆棘，一路朝着植安奎冲来。

植安奎的眉头顿时拧住，马本来就发了狂，它身后的荆棘若是挂到人，真是非死即残。

"我已经收了花神，快逃！"站在马车上的夏薇薇对着植安奎大声喊道。

植安奎无法，只好让达文西听天由命，自己骑着马往路边闪去。可是包围他的士兵就没那么好的运气了，他们不如植安奎灵敏，待反应过来时，达文西已经横冲直撞过来。马匹拉着荆棘一路狂奔，顿时把士兵们挂得七零八落，纷纷躺在地上呻吟着爬不起来。

"冰冻术！"植安奎趁机施展冰术，将发狂的马冻僵在原地，自己则驾着马飞奔过去，将摇摇欲坠的达文西接住驮在马背上，一路驰骋回来。

"天啊，你们知道密林里的野兽们有多精明吗？它们以为我是来抓它们的，竟然把我往刺丛里赶。幸好那些追兵突然出现，把野兽们的注意力全部吸引了，我才有幸逃出来。我惊险的遭遇都可以写本书了！"达文西有气无力地趴在马背上，依旧心有余悸。他的脸上和胳膊上都是荆棘划出的伤口，衣服也被钩出很多大洞。

"要不是你的荆棘，我们恐怕没那么容易脱身。达文西，你的表现是有史以来我见到的最帅的一次！"夏薇薇啧啧称叹道。

"那是当然！"达文西毫不客气道，"等下我们跟林沐夏会合，就可以离开这个讨厌的地方了。我又可以过每天享受美酒时装的生活了！"

"那野栗恩呢？"夏薇薇心头一颤，一切都结束了吗？

"她要我们先走。"植安奎忽然插话道，神色严峻。

"可她是在替我受苦，我怎么可以一走了之？"夏薇薇无法接受。

"这是她的选择。"植安奎丝毫不给夏薇薇辩解的余地。

"那我也可以选择！我要回去救她，你要是不想去，我就一个人去！"夏薇薇任性道，说着准备拉起缰绳返回。

"好吧，我们不瞒你了！野栗恩不是别人，而是你的亲妹妹！"达文西长叹一口气，喊道。

植安奎猛地一拉缰绳，马匹扬起前蹄嘶鸣一声。达文西一下被震翻在马下，惨叫连连。

"你刚刚说什么？"夏薇薇完全惊住了，手里的缰绳顿时松了，马匹不安地狂嘶起来，马蹄在地上敲出凌乱的节奏。

植安奎翻身下马，迅速扯住夏薇薇的马，伸手给她，眼神坚决地道："你下来。"

夏薇薇惶惶惑惑地握住植安奎的手，从马背上跳下来险些崴了脚。

"野栗恩是你的孪生妹妹，她要你带着花神离开这里，其他事她有安排。"植安奎试探性地看着夏薇薇。

"我怎么从来不知道我还有一个孪生妹妹，她……这一切来得太突然了。"夏薇薇的脑子一片混乱。

"你想想为什么天界神兽卡卡会为了救野栗恩而要走你身上的幽水冰蓝珠？还有上次给蔷薇花神献祭，古籍上说必须公主的血，可是野栗恩的血也可以启动献祭。更有你对着魔镜时，映出她的脸。我们早该怀疑，她跟你其实就是一母同胞。"植安奎有些烦躁地分析道。留下野栗恩一个人对付露娜，他良心不安。可折回去，他又要重新冒险。

夏薇薇惊得兀自退了一步,诧异地看着植安奎,问:"野栗恩是什么时候知道这一切的?"

"是卡卡。它要想救被冰封住的野栗恩,就必须用幽水冰蓝珠破冰。尽管如此,寒冰也会追踪野栗恩一辈子,伺机将她带回到冰下。卡卡代替她被封在冰下受苦了。临别前,卡卡劝野栗恩跟你和好,并说父辈的过错与你无关。"

"可怜的卡卡。"夏薇薇叹息着。忽然,她情绪激动地自言自语道:"怪不得我跟野栗恩长得那么像,怪不得她会三番五次救我。可是爸爸妈妈知道野栗恩吗?他们怎么可以一直对野栗恩不管不顾呢?"夏薇薇扯住植安奎的衣角,急问道。

"卡卡嘱咐野栗恩,千万不要让白尼斯杜特尔兰国王知道她在哪里,只说她躲藏到人间,过着平凡普通的生活。"植安奎也是一脸费解。

"如果野栗恩是我的妹妹,我就更加应该去救她。我被爸爸妈妈呵护着长大,可她却躲在不见天日的地方受罪。跟我们在一起时,我们没有一个人真心待过她,生怕她会对我们不利⋯⋯"夏薇薇说着就哽咽起来,然后重新跨回到马背上,大声道:"植安奎,达文西,妹妹我是救定了,你们要是跟来,以后要像待我那样待她。如果你们做不到,就别来了!"她说完,一抖缰绳,朝前驰骋而去。

"这么霸道,我干吗听她的?"植安奎不满地白了她一眼,立在马前吹着小风,就是不肯追去。

"植大魔法师,你要是不去的话,我可要追去了。你把我的马冻僵了,现在还没缓过来呢。要不,借你的马给我用用?"达文西忍着伤痛,试探性地去扯植安奎身边骏马的缰绳。

"啪"的一声,达文西的手被迅速打落下去。

"纵使我不去,我也不许你骑我的马。"植安奎瞪了达文西一眼,往前走了几步,牵住一匹士兵的马道:"你骑上这个,我们走!"

"去哪儿?"达文西微愣道。

"你这种笨蛋去追夏薇薇,只会给她添麻烦,我当然要跟着!"植安奎理直气壮道。

"植大魔法师说得有理。"达文西迅速点点头,惨兮兮地爬上马背,两人追着夏薇薇一路狂奔。

悬浮的空中城堡里,露娜端坐在高高的奇香楠木椅上,手指抚摩着黑猫的耳朵,一脸狐疑地盯着台下的林沐夏。

"你说巴菲特先生有几句肺腑之言要你向我转达?"露娜眼睛微眯,一脸不快。她听说巴菲特先生是个早睡晚起的人,到现在还窝在床上打呼噜呢。

"是的,公主殿下。"林沐夏彬彬有礼道,举止间显出不凡。

"那你说吧。"露娜不耐烦道,这个巴菲特先生还真是麻烦,若不是他有足够的钱,她才不想在这里耽误时间呢。

"我家先生为了寻找他的未婚妻夏薇薇小姐,曾经游历云哆亚星球。让他觉得特别痛心的是,茂盛的树林被砍伐,鸟兽无处安歇;大量士兵抢夺资源,将成熟的鸟兽抓去斗兽场供娱乐,甚至不惜杀死它们的雏儿……这种杀鸡取卵的做法,只会让云哆亚星球陷入万劫不复的境地。虽然空中城堡暂且无碍,可皮之不存毛将焉附?一旦沙化的土壤将城堡底座腐蚀掉,总有一天,空中城堡会坍塌,到时候……"林沐夏越说越激动。

"住口!"露娜怒得站起身子,双眼怒视林沐夏,"云哆亚的事情,还轮不到外人插手!"

"呵,跟他这种人浪费什么口舌。"大门忽然打开,一身浅紫色礼服的夏薇薇走了进来。她目光冰冷,扫了一眼林沐夏,坐到露娜身边,鄙夷道:"他这种文弱书生是永远无法体会竞技的魅力的。"

露娜的眼睛明显亮了,她格外赏识夏薇薇,道:"知我心者,夏薇薇也。"

"夏薇薇,你不是一向很有爱心的吗?"林沐夏万万没有想到夏薇薇会帮露娜讲话。

"爱心？爱心可以当饭吃吗？"夏薇薇危险地眯起眼睛，瞪着脸色煞白的林沐夏。

林沐夏难过地看了一眼夏薇薇，她的心何时变得像石头一样冰冷。

"如果你们不听劝，总有一天，你们会后悔的。"林沐夏背过身，目光寥落。

"露娜公主，您怎么可以让这个忤逆的人这样走出去？"夏薇薇忽然情绪激动地抗议道。

"那你的建议是？"露娜挑眉，越发觉得有趣了。

"当然是把他丢到史町克之巢里喂蜥蜴！"夏薇薇毫不留情道。

林沐夏惊得直往后退，觉得胸口闷闷的。

"好主意！"露娜鼓掌大笑，忽然反应过来，跟夏薇薇商量道："我们擅自处置了他，万一巴菲特先生不高兴了怎么办？"

"有我在，露娜公主尽可放心。"夏薇薇胸有成竹道。然而，她略忖一会儿，两道细眉忽然拢在一起，有些犯难道："露娜公主是否可以借我您的鹅颈灯一用，巴菲特先生最爱稀奇古怪的东西，他一开心，什么都好说。"

"夏薇薇，你竟然还算计植……巴菲特？！我真的看错你了。"林沐夏懊悔地看着夏薇薇，差点说漏嘴。

"从此以后，巴菲特先生身边再也没有你这个人了。"夏薇薇冷冷地走到林沐夏身旁，伸手抓住他的衣领，小声威胁道："我警告你……"然而后面的耳语声越来越低，"史町克之巢里有通往城堡外面的密道，植安奎、夏薇薇他们在那里等你。"林沐夏愣了下，难以置信地看着夏薇薇，终于发现她黑色的眸子里透出的紫光。顿时恍然大悟，话还没说出口，就被野栗恩大声喝止："想要当救世主，下辈子吧！"说完，一把将林沐夏掷在地上，转身朝着笑得一脸嚣张的露娜走去。

"哈哈哈，痛快！"露娜高兴极了，她看着冷酷的夏薇薇，说道："一盏鹅颈灯算什么，你拿去就是了。"

"谢谢露娜殿下。"野栗恩膜拜道。

"至于这个仆人，来人，把他丢下去。看他细皮嫩肉的，我的蜥蜴骑士们又有口福了。"露娜发出震耳欲聋的笑声。

头直发蒙的林沐夏被人拖着，往楼梯下走。这一切太混乱了，让他几乎招架不住。

"松手，我自己会走。"林沐夏甩开抓住他的手，大步朝着楼梯下走去。

"自己走？我记得露娜殿下是要用丢的。"身边的人讷讷地反问了一句。随后，一个膀大腰圆的士兵，对着林沐夏的屁股用力一踹，林沐夏就闷头闷脑地朝着无底的深渊直栽下去。

就在林沐夏栽下去的那一刹，狼狈不堪的士兵风尘仆仆地赶回来，"扑通"一声跪在地上，双手举过头顶，带着哭腔道："不好了，有人半路劫走了蔷薇花神！"

"什么？！"原本还喜上眉梢的露娜顿时暴跳如雷，怒道，"你们这帮饭桶！真该死！"

野栗恩紧绷的情绪终于松懈下来，林沐夏已经被她赶出了空中城堡，牵制他们的蔷薇花神也被救出去了。现在，他们已经完全自由了！

想到这里，野栗恩胸口发闷地闭了闭眼睛，接下来的路，就让她与露娜慢慢周旋吧。

"报告！我们怀疑抢夺蔷薇花神的人就是巴菲特先生。"士兵吓得浑身颤抖道。

"你确定？"露娜的身体颤了几下。

连野栗恩都惊得睁大眼睛，植安奎他们怎么不赶尽杀绝呢，偏偏留下活口来通风报信。

"我想他一定眼花了。"野栗恩的掌心中缓缓溢出一只黑蝴蝶，不动声色地飘入士兵的耳中。

果然，士兵晕乎乎地摇了几下，"砰"的一声倒在地上失去了知觉。

"那我现在就去找巴菲特先生。"露娜愤怒地走出屋子，朝着植安奎的房间奔去。

野栗恩见她离开，毫不犹豫地跑向露娜的房间，只要找到鹅颈灯，就可以救出精灵王子逸汐。强大的精灵族一定会帮助她的。

她趁人不注意，潜入了露娜奢华的卧室里。鹅颈灯挂在床头，蓝光黯然，显然能量已经快要被耗尽了。

野栗恩蹑手蹑脚地摘下它，抱在怀里，抬脚欲离开。

"野栗恩。"身后忽然响起一个发颤的声音，把她吓了一大跳，"砰"的一声，怀里的鹅颈灯落下，碎了一地。夏薇薇，她终究还是回来了。

一个浅蓝色的小小人蜷缩在地面上，透明的翅膀完全蔫了，浑身不住地哆嗦。

"你要一个人对付露娜吗？明明是亲姐妹，为什么要瞒着我，你要是出了事，我活着会好过吗？"夏薇薇立在帷帐前，声音哽咽。

野栗恩不敢回头，她甚至不敢去面对突如其来的亲情和感动。她感觉承受不起世间如此珍贵的感情，有人为她心疼，有人为她流泪，有人为她担心，实在太奢侈了。她应该像杂草一般被丢在无人问津的地方，任其自生自灭。

她嗓子发干，掩饰般地弯下腰，捧起奄奄一息的精灵王子，转过身，眼皮垂着，声音干巴巴的："它快死了，蔷薇花神有办法救它。"

夏薇薇闻到一股刺鼻的辣椒味，脑海中浮现出露娜往灯里倒入的液体，难不成是辣椒油？她惊了一下，手指发颤地将精灵王子捧过来，将它与包着蔷薇花神的帕子一起卷起，放回到胸前的衣袋里。看着野栗恩，道："我来带你走。"

野栗恩头一低，错开夏薇薇想出门去。

夏薇薇偏偏走过来挡住她。野栗恩又躲，夏薇薇又挡。

这样来来回回了十几次，野栗恩终于累了，疲惫道："你回去了，就是天界名正言顺的公主，管我这个不受待见的做什么？"

"你是我的亲妹妹，谁敢不待见。"夏薇薇脱口而出，目光坚定。

野栗恩的心就很没出息地被这句话感动了，眼泪稀里哗啦往下掉。

请你代替我守护她

四周静悄悄的。

"夏薇薇是云哆亚星球的叛徒,她勾结外人,夺走我们赖以生存的蔷薇花神,大家快搜!"城堡里响起士兵们激愤的声音。

"快逃!"夏薇薇毫不犹豫地抓住野栗恩的手,往门外跑。

可是她们还没能跑出露娜的房间,就被一队士兵逼退回来,寒冷锋利的兵器对准她们二人。

露娜走在最前面,厉声道:"我最讨厌有人骗我,结果巴菲特先生是假的,他根本不在房中!现在连夏薇薇都是假的,说!你们两个谁是真公主?"

"我是!"

"我是!"

夏薇薇和野栗恩异口同声道。

"哼!"露娜更气了,对准身边的士兵做了一个手势,士兵们迅速朝她们围了过去。

黑蝴蝶剑在野栗恩的袖子里不安地颤抖着,随时准备进攻。

夏薇薇手里的蔷薇魔杖也迅速凝结出来,发出绚烂的光芒。

然而大家还没有打在一起,空中城堡忽然发出轰隆隆的声音。刹那间,地动山摇,震得人东倒西歪,根本无法战斗。

夏薇薇把野栗恩扯到手边,一起抱着四柱床,免得摔跤。那些战士们就没那么好运了,一个个脸碰脸、鼻子碰鼻子,撞得鼻青脸肿的。

露娜的脸色极为难看,她快步走到窗边,拿着望远镜俯身往外看去。

地面上黄烟滚滚,空中城堡最底下的史町克之巢被生生撞出几个大洞,四个愚蠢的蜥蜴骑士疯了般往前冲,离城堡越来越远。

"你们都给我听着,我们最强大的战士,蜥蜴骑士遇到了危险,现在大家立刻去救援!"露娜临危不乱,单手扶住窗台,大声命令道。

士兵们群情激昂,跌跌撞撞地往楼下奔。

"我们也去!"夏薇薇抓住野栗恩的手,跟着混乱的士兵们往下跑去。

顿时,狭窄逼仄的楼梯里,你推我搡,大家个个挤得头晕眼花,脚步踉跄。时不时有几个特别倒霉的家伙,直接从扶手上翻了过去,惨叫着淹没在黑暗中。

"咳咳……"夏薇薇被挤得喘不过气,两腿发软,头晕眼花。

"你这样的体质,还要带着我吗?"野栗恩看着被夏薇薇紧紧攥住的手,无语道。

"当……当然,你可是我的妹妹啊。"夏薇薇气喘吁吁道。她从来没有一次走这么多台阶的楼梯,之前都是直接摔下去的。

"上来。"野栗恩脸不红心不跳,把夏薇薇往人少的地方扯了下,露出瘦弱的脊背给她。

"不,野栗恩你不许这样。"夏薇薇震惊地看着她,连连摇头。

"你又跑不动,我不背着你,不放心。"野栗恩顿了一下道。

这一阵耽误,身体强健的士兵们已经全数超过他们,往更底层奔去了。

"等一下。"夏薇薇只觉得胸口处痒痒的,蓝色的光芒迸射出来,有种说不出的舒爽。她掏出手绢,还未打开来,一个小小的身影已经从里面跃了出来,浑身散发着美丽的蓝光。

"谢谢你们救了我,我来自精灵之谷,我叫逸汐。"他笑容温柔,金发轻拂。

"那你知道小樱吗?你就是她要找的人!"夏薇薇激动了。

"啊,樱儿。"逸汐把持不住地叹了口气,浑身哆嗦了下,弱弱地问了一句:"她是我的妻子,她还好吗?"

"她一直在等着你。"夏薇薇想起那个眼神幽怨的精灵少女,着急道。

说话间,士兵们已经跑出空中城堡,他们的坐骑是各种稀奇古怪的动物,奔跑速度极快。

"这次露娜使出了撒手锏。"野栗恩凝神道。

"小樱在那里!"精灵王子忽然惊叹道,他扑扇着翅膀,激动地看着夏薇薇和野栗恩,"我可以用荧光带着你们直接飞下去。"

"那就拜托了!"夏薇薇想起小樱曾经救她时用的就是翅膀上神奇的荧光,十分确信道。

野栗恩有些犯嘀咕,这么小的精灵,可以承载起她们两人的重量吗?可目前看来,似乎没有别的更快的落地办法了。

精灵王子在半空中掠过一个十分漂亮的弧,四叶草做的小礼服精巧可爱。夏薇薇和野栗恩顿时被他翅膀上的荧光围住,身体骤然一轻,脚尖就离开了地面。

"准备好了吗?"逸汐快活地扇动翅膀,他跳上楼梯的窗口,纵身往下跃去。夏薇薇和野栗恩像是被绳子牵引着一般,身体跟着逸汐往窗外坠。

天空的白云被她们撞碎,心跟着沸腾起来,耳边传来精灵王子重获自由后,情不自禁唱出的欢歌。

夏薇薇抓住野栗恩的双手,两人头对头、脸对脸,大眼睛盯着彼此,两颗心跟着怦怦乱跳。

一阵风吹过,野栗恩的假发被风摘掉了。黑色的短发在空中愉快地跳跃,玩耍。野栗恩伸手去够,可是假发像一团金色的云朵,渐渐飘远了。

"哈哈,你这样很可爱。"夏薇薇开心地笑着说。

野栗恩却抱着头,微羞红了脸。

"啊——"她们还没开心多久,身子忽然失去了控制,毫无预兆地直直往下坠去,心一下子提到嗓子眼,两人吓得双手握得更紧了。

逸汐急忙用力摆着翅膀,荧光更浓了,夏薇薇和野栗恩才勉强稳住身体,在空中沉沉浮浮起来。

"对不起,吓着你们了。我好久没用荧光,都有些生疏了。"逸汐飞到夏薇薇和野栗恩之间,抱歉道。

"没关系,刚刚的惊吓真刺激。"夏薇薇毫不介意地大笑起来。

野栗恩脸色微红,她也觉得很有趣,只是没有夏薇薇那么自然大方。

空气变得干燥,夏薇薇知道,快要到地面上了。

"逸汐!"一个细细的声音扫过耳畔,带着掩饰不住的狂喜。

两道蓝色的荧光快活地打着圈儿,忽然紧紧地拥在一起。刹那间,蓝色光芒璀璨得耀眼。

夏薇薇不想打搅小樱和逸汐,拉着野栗恩追着前面奔腾的队伍狂跑起来。

植安奎顺着小樱飞走的身影看去,透过滚滚沙尘,只见夏薇薇正徒步追来。他用力勒转马头,对身边的达文西道:"我去接夏薇薇,你带上野栗恩。"

两人都是骑马高手，植安奎帅气地弯腰伸臂一揽，夏薇薇就牢牢地坐在了马背上。达文西也想耍帅一次，不想野栗恩很不给他面子地闪过身，差点闪了达文西的腰。

"我自己上来！"野栗恩在地上试跑几步，"嗖"的一声跨在了达文西的马背上，惊得达文西倒吸一口凉气。

精灵逸汐和小樱也追了过来，他们一直手牵着手，仿佛一松手就会弄丢彼此似的。

"我在史町克之巢遇到了小樱，她告诉我只有将蜥蜴骑士引入世间最纯净的精灵之谷接受净化，才能彻底打败它们，战胜恶魔公主露娜。"植安奎一边策马，一边贴在夏薇薇耳边低声解释道。

"你是用了什么办法让它们听话的？"夏薇薇望着前方横冲直撞的蜥蜴骑士，惊问道。

"达文西借用露娜秘制的辣椒油，洒在巨型蜥蜴身上，它们发狂，直接把史町克之巢撞出了一个大洞，于是一切都变得顺理成章了。"植安奎的语气略带着一丝骄傲。

夏薇薇不想打击他，但是偷用东西，可不是好习惯啊！然而，当她看到坐在蜥蜴头上，正举着一根挂着腐肉的竹竿，吸引蜥蜴骑士往前跑的林沐夏时，顿时惊得下巴都要掉下来了，指着他，结结巴巴地问道："林沐夏是怎么回事？"

植安奎无奈地呼出一口气，叹道："很不巧，他掉下来的时候，刚好落在了蜥蜴的头上，为了不打草惊蛇，我们只好采取这种迂回战术，然后找机会救下他。"

正说着，林沐夏似乎有感应般，无限委屈地扭头看了夏薇薇一眼。

可怜的沐，夏薇薇的心揪了一下。

"精灵之谷到了！"逸汐和小樱忽然无比兴奋地喊道。

"哪里？哪里？"夏薇薇好奇地问道，抬头只看到前方有个低矮的小洞，旁边杂草丛生，根本就看不出有什么特别之处。她有些失望，要知道传说中精灵之谷是比天界还要美的地方。

逸汐加速往前飞，他只是绕了一圈，精灵之谷的洞口顿时被蓝光笼罩了。

小樱飞过去给他帮忙，夏薇薇却注意到，她飞舞的动作显然很吃力，表情也很不自然。正想要去探询个究竟，地面突然震动起来，带路的蜥蜴巨兽仿佛受到了刺激，竟然挑战极限，扭转粗壮的脖子，一口吞掉了挂在头上的腐肉，连挂肉的竹竿都被甩出好远。

林沐夏一个趔趄，从蜥蜴身上滚落下来。

黑蝴蝶剑忽然飞出，准确地刺入咆哮着欲咬林沐夏的蜥蜴的舌头。

"看好马。"植安奎对夏薇薇叮嘱了一句，在马背上轻轻一弹，朝着林沐夏掠去。蜥蜴巨兽忽然有变，完全把他的计划打乱了。

"不要跟我抢！林沐夏是我让人丢下去的，当然是我来救！"野栗恩挡住植安奎的路，将他往后一推，朝着被围攻的林沐夏跃去。

夏薇薇看了一眼如此仗义的野栗恩，再也按捺不住，手里的蔷薇魔杖发出耀眼的光，她怎么可以躲在角落里。眼看着野栗恩已经跟蜥蜴骑士混战在一起，夏薇薇猛地挥出魔杖，一股从未有过的强大力量从身体传至手杖，她大喊一声："蔷薇十字！"

奇迹发生了，一只由蔷薇花生成的十字架立刻缚住了一只蜥蜴，将它像粽子一般卷了起来，一时间竟然动弹不得。它拼命挣扎，夏薇薇就发更大的功力。

野栗恩也趁着这个空隙，拖着昏倒的林沐夏钻出了包围圈，没命地朝着夏薇薇的方向逃。

植安奎帮野栗恩扯住林沐夏的衣服，一齐将他丢在了夏薇薇的马背上。

"你进步了。"植安奎抬头看着马背上的夏薇薇,忽然赞出一句。

夏薇薇却惊住了,半天都没反应过来,他刚刚是在表扬她吗?

"快进来,精灵之谷的门开启是有时间限制的。"逸汐着急地催促着。当年精灵族为了避开露娜的侵害,所有的长老汇集力量,将门封印起来。但是他们的精灵王子逸汐被困在外,于是长老们就给逸汐留了一条密道。

现在逸汐开启的就是密道,是有时限的,若不抓紧时间进来,马上就会被关闭了。

蜥蜴巨兽惧光般连连往后退去,长爪在地上刨出深坑,就是不肯往精灵之谷的门里钻。

"蜥蜴巨兽最怕圣洁的东西,但是对腐肉等一切污浊之物,却没有一点抵抗力。大家谁还有足够的诱饵,我们总会有办法的。"小樱着急地出主意,她的脸色越来越白,连说话都上气不接下气了。

"要不我现在去找找,早知道多准备些臭肉了,关键是太难闻了。"达文西也慌了,掉转马头欲走。

植安奎蹙眉苦思,强攻肯定不行,可到底去哪里找天下最污浊的东西?

精灵之谷入口的光芒越来越弱,逸汐神情紧张地握住小樱的手,如果他错过这次回归精灵族的机会,日后恐怕只能在云哆亚漫无目的地流浪了。可是他多么想念族人,狂跳的心几乎要跃出胸口。

"逸汐殿下,你先回去吧,族长们都在等着你,我替你守着入口。"小樱推了逸汐一把,噙着泪劝道。

"不。"逸汐语气坚决,目光深深地看着小樱。

"谁都不用去,这个世界的浊物,除了我,再无别人。"野栗恩咬紧下唇,大声说道。

尽管已经做好了心理准备要去当蜥蜴巨兽的诱饵,可心还是止不住地抽痛。她刚刚认了真心对她的亲姐姐,刚刚试着卸下伪装,学会接受外界的温暖。

可所有的刚刚……都要变成过去。

"不可以！"野栗恩的身影刚刚掠过一半，夏薇薇挥舞出的蔷薇结界已经朝她罩了下来，她发怒地盯着野栗恩，咬牙道，"不许你自暴自弃，不许你假装坚强地牺牲自己，不许你冒这种险！"

"姐，"野栗恩被蔷薇花网困着逃不出，动情地轻唤了一声，印着黑蝴蝶刺青的手臂缓缓挥过，一大群黑色蝴蝶翩然飞出，它们落在娇艳的蔷薇花上，花朵就迅速枯萎了，野栗恩绝望地看了一眼黑蝴蝶，"我自己都不愿意相信我是个污浊的东西，可是现实让我不得不信。你看身后的灰尘，露娜已经派人追来了。"蔷薇花瓣簌簌凋零，花网也快裂开了。

"野栗恩，你听着，只要你认我这个姐姐，我就要一直守着你。所以你千万别犯傻，有困难大家一起解决。"夏薇薇只觉得那声"姐"，喊得她心头一酸，伸手就要去搂她。

"可是这个困难大家解决不了啊。"野栗恩眼底一片黯然，蔷薇花网终于碎了，黑蝴蝶渐渐散去，野栗恩奔出花网，一把抓住夏薇薇道："你只帮我问问父母，为何一出生就不要我？"她嘴角颤抖着，松开手，像一道疾劲的风，朝着蜥蜴巨兽奔去。

"野栗恩，你回来亲自问！"夏薇薇奋不顾身地去追她，可是身体却被植安奎抱住了，他吼道："你去了也只是添麻烦。"

蜥蜴骑士感受到野栗恩的气息，疯了般朝她聚拢过来，有力的四肢往前飞奔。

野栗恩不敢耽误，她咬紧牙关，拼命地钻入精灵之谷的入口。四大蜥蜴骑士也忘了恐惧，跟着她涌了进去。

"大家快来，精灵之谷的门要关上了！"逸汐又惊又慌地催促道。然而，他紧握的小樱的手突然变得极为冰冷。他一脸错愕地朝小樱看去，只见她眉眼带笑，身体却被白光笼罩着，带着几分不真切，声音清浅：

"我在史町克之巢里染了病，再也回不去精灵族了。逸汐，看见你我真的好开心。"她在笑，可眼角闪烁的全是泪。

逸汐吓坏了，甚至忘记了族人的门就要掩上了。他抱住奄奄一息的小樱，摇晃着她："你不会有事的，你说好了要嫁给我，不可以食言的！"

"求求你救救她，她一个人在史町克之巢苦等了我十几年，不能就这样没了。"逸汐哭得双肩颤抖，恳求夏薇薇道。

夏薇薇心酸极了，世间处处有无奈，总是不得圆满。即将进入精灵之谷的一刹，她忽然抓住植安奎的衣领，倔强道："说好了，你要是追来，就要像待我一样待野栗恩。我留在这里救小樱，而你，一定要把她安全地带出来。请你代替我守住她！"

植安奎被夏薇薇眸子里坚定的光芒给惊了一下，他掰开她的手，点点头："我答应你。"说完转身隐没在了洞口。

露娜的军队已经赶来了。

"我们快走！"达文西护着晕倒的林沐夏，扯了扯夏薇薇的衣角。

她怔了一下，满目哀伤地看着入口，自己究竟没能陪着野栗恩。

可是时间不等人，她把逸汐和小樱放在肩头，跟达文西一起朝着更加隐没的山林中逃去。

第8章
大结局

🎀 邪恶力量的合体
🎀 最后一场狂欢

【出场人物】

夏薇薇，达文西，蔷薇花神，精灵小樱，精灵王子逸汐，
林沐夏，恶魔公主露娜，怪兽合体，
植安奎，白尼斯杜特尔兰国王，
渡鸦会成员，狄奥西多，卡迪娜王妃

【特别道具】

巴罗多树洞

邪恶力量的合体

精灵之谷背风的地方,橙红色的凌霄花开得绚烂。

"达文西,就在这里养伤吧,小樱快挺不住了。"夏薇薇滑下马,心里难受极了,一直担心着野栗恩。

"小夏薇薇,你该为野栗恩感到自豪,她可是为了救大家啊。"达文西呼哧呼哧地把林沐夏拉下马,劝道。

"可我就是无法说服自己,难不成大家的命就比野栗恩的命更宝贵吗?"

达文西垂下头,每个人的生命都是宝贵的。他话锋一转,挤出笑容道:"植大魔法师不是跟去了吗?他什么时候让我们失望过?"

夏薇薇不再答话,心头始终笼罩着驱之不散的阴霾。

她把包藏在心头的蔷薇花神取出,将小樱的身体放在花瓣上,闭上眼睛,默默念着拯救咒语。王子逸汐紧张地盯着小樱,半晌都没见动静,不由得轻啜出声:"小樱,我一直喜欢的是你啊!"

夏薇薇忍不住蹙眉，不是蔷薇花神不出力，而是小樱自行封住了七窍，根本就无法施救。她的意念，好像很期待着死亡，这让夏薇薇大惊失色。

"小樱见了你，不是很开心的吗？怎么会这么消极？"夏薇薇盯住逸汐，问道。

"你能让我再跟小樱说说话吗？我一直很想跟她道歉。"逸汐越说越难过。

夏薇薇看了小樱一眼，她没死，尚有一丝残念，借助于蔷薇花神的力量，或许能窥探到她的意识。

"我试着跟小樱沟通，你有什么话，现在就告诉我，我去劝劝她，看她是否愿意原谅你？"夏薇薇闭上眼睛，食指搭在小樱的额头上，蔷薇花神闪着灵动的光芒。

"请你代我转告她，我早就原谅了她。就算回不了精灵之谷也没关系，我愿意跟她一起在云哆亚浪迹天涯。"

夏薇薇的意识渐渐往小樱的思维里进入，她模模糊糊听到了逸汐的告白，声音真诚沙哑。她决定尽最大努力帮助这对恋人，毕竟，逸汐王子什么都不要了，只要小樱。

眼前是一片梦幻的蓝，夏薇薇惊讶地看着四周。花团锦簇的世界里，淡粉色的蔷薇，娇红的牵牛，贵气的牡丹花，还有绿草地上闪烁的满天星，让人看不过来。清澈见底的湖水挨着淡雅的远山，水面上浮着青褐色的飘蓬，都是巴掌大小。成群结队的蓝色小精灵们，在水面上唱歌跳舞，时而在船上立足一刹，溅起水波涟漪，时而又装模作样地摇下船桨，不过一会儿就失去了耐心。

"逸汐王子要娶谷里的仙子了。"许多小精灵都在欢呼庆贺。

夏薇薇看到意气风发的逸汐站在贝壳制成的小船上，开心地眯眼微笑。

她差点被精灵之谷欢腾的景象给迷住了，心头一震，这里明明是小樱的意识，怎么看不见她？

夏薇薇找了很久，终于认出在湖边编织衣服的小樱，她正一脸崇拜地凝视着王子逸汐。这时，夏薇薇听到了小樱唇中溢出的话语："如果我可以嫁给逸汐王子，要我做什么都可以啊。"

天突然黑了，精灵们都不见了。月光照在湖面上，蓝盈盈的。

"你不是想要嫁给逸汐吗？你替我嫁。"湖面上腾起一个闪着银光的影子，娇嫩的肌肤，飘逸的金发，五彩的翅膀，漂亮得让人挪不开视线。

"可是逸汐王子要娶的是仙子您啊。"小樱声音惊恐。

"我的恋人，是这面碧蓝的湖水，我要一直守着它，不要嫁给什么王子。"闪着银光的仙子伸手拍打着水花，脸上漾过一抹幸福的笑容。

小樱陷入了无比纠结的境地，出嫁的那一天，漂亮的花船掠过湖面，盛装的小樱与仙子偷梁换柱，小樱成了王子的新娘。

"扑通，扑通……"在一旁围观的夏薇薇都可以听到她紧张不已的心跳声。

原来默默无名的制衣女小樱，是这样嫁给王子逸汐的。

可是船还没有到达王子的宫殿，杀戮突然袭来，为首的露娜命令士兵抢走精灵之谷的宝石和珍珠，漂亮的湖被粗暴地蹚过。仙子为了净化湖水，频频出湖施法。这一切被参与战斗的逸汐看在了眼里。

夏薇薇读出了他的疑问，如果正在救湖的人是仙子，那花船里的新娘又是谁？

精灵族的长老耗尽了全部力量，终于将露娜赶了出去。

婚礼继续进行，逸汐牵过小樱的手，感觉那只手抖得厉害。

"殿下，您慢些走，我跟不上。"小樱紧张得声音发颤，可是逸汐走得那么急，她几乎要摔倒了。

逸汐嫌恶地看了她一眼，究竟是冒牌的。

可是当他对上她那双清澈又无辜的眼睛时，心突然颤了一下，原本想拆穿她的想法也跟着犹豫了。

"那我努力跟上您。"小樱见逸汐没有减小步幅,忽然提了一口气,跟在他身后跑了起来。不一会儿就跟他并肩,脸上露出嫣然一笑,道:"看,只要我加把劲,还是可以跟上您的。"

逸汐的心忽然变柔软了,握住小樱的手,紧了紧,暗自放慢了脚步。

婚礼过后,露娜一直侵犯精灵之谷,逸汐每日忙于对抗露娜。小樱则当起了贤内助,一心一意地照顾他,给他盖被,给他添茶,给他梳发,给他缝衣。她还偷偷练习荧光术,希望有一天可以成为逸汐的左膀右臂。她以为代嫁的谎言从此被掩盖了,每天过得幸福又充实。可是逸汐心里有一个结,觉得身边的小樱,是一个他不敢面对的谎言。

"仙子,你每日在湖里畅游,可见过溪边制衣的小樱?她在我们结婚的那一天,突然失踪了。"逸汐试探道。

小樱的脸色立刻煞白,手里的茶盏落在了地上。她一边慌乱地捡,一边哆嗦:"那天露娜来犯,小樱那种制衣女,怕被露娜的怪兽吃了吧?"

"真的?"逸汐闭了闭眼,他在给她最后一个坦诚的机会。

小樱顿了下,道:"真的。"捡起碎片的手,不小心被割了一道口子。

这天过后,王子逸汐带领战士正面迎击露娜,小樱以死相逼,哭着不要他去。

逸汐被激怒了,道:"与其日夜守着一个骗子,还不如死了干净。"

夏薇薇看见小樱失魂落魄地跌坐在地板上,满心惶然。

她终于找到了小樱的心结,可悲的是,夏薇薇没有实体,又没法跟小樱讲话。

她灵机一动,动用意念将碎片摆成了几行字。

"逸汐说他知道了你的身份,早已原谅你了,小樱,他愿意跟你浪迹天涯。"

小樱痴痴地看着碎片的形状,流了一会儿眼泪,又笑了一会儿,突然站起身,朝着精灵之谷外面冲了出去。

随后逸汐战败被露娜抓去做了鹅颈灯,小樱为了救他,混入了露娜的空中城堡，一直伺机要救他。

夏薇薇长舒一口气，小樱的心结总算打开了。她正准备抽出意识离开，忽然有人叫她。

"谢谢你救了我。为了报答你，我可以让你看到精灵之谷野栗恩的事。"是小樱温柔又细腻的声音。

夏薇薇的精神陡然一振，急切地问道："她怎么样了？"

小樱轻轻叹了口气，道："你自己看吧。"

碧蓝的湖面早已不见了昔日的神采，蜥蜴巨兽在湖边发狂咆哮，植安奎不断凝结出冰柱把它们往湖里赶，却被它们一一压碎。精灵之谷到处一片狼藉，小精灵们惊恐地躲在花朵下面，泪眼婆娑。

这时，空中忽然落下一道黑影，野栗恩故意在四个蜥蜴巨兽面前晃晃身体，吸引它们的注意力。蜥蜴巨兽们发狂地张口咬她。

"扑通"一声，野栗恩突然栽入水中。

四大蜥蜴巨兽接二连三跃了进去，精灵之谷的湖水冒出腥臭的气泡。

植安奎完全愣住了，盯着恢复宁静的湖面发呆。他一晃神，自言自语道："可是，她跳进去了，我怎么跟夏薇薇交代？"

夏薇薇发不出声音，只能目睹一切发生。

身体笼罩着银光的小仙子在湖面上飞快地掠过，夏薇薇知道，她就是湖泊的恋人。

"夏薇薇，你醒醒！"夏薇薇感觉身体被剧烈摇晃着，她的脑袋如千斤般重，勉强睁开眼睛，恍惚中看到达文西焦虑的眼神。

没想到进入小樱的意识，竟然把她累得差点力竭。

蔷薇花神旁边，逸汐抱着脸色渐渐恢复光彩的小樱，面露喜色。

"小夏薇薇，你说句话。"达文西看着脸色煞白的夏薇薇，心惊胆战道。

"那个……"夏薇薇喉咙发哑，瞥了一眼达文西，嘴角颤着，"野栗恩……跟蜥蜴巨兽，一起投湖了。"

达文西哆嗦了一下，越是看不出夏薇薇的悲喜，他就越觉得不安，把夏薇薇往怀里抱紧了些，连声安慰道："野栗恩神出鬼没，跳进去也肯定能游出来，别怕别怕。"

"可是那湖，是净化浊物的。"夏薇薇的心里比谁都明白。

"小樱！"逸汐开心地喊道，看着怀里苏醒的小樱，在半空中连飞了好几圈。

"大家快逃，蜥蜴骑士跟野栗恩合体了，正往我们这边的山体冲。"小樱忽然挣开逸汐的怀抱，飞到夏薇薇肩上催促道。

"什么？合体？"夏薇薇睁大眼睛，难以置信道。

"是的，湖水无法净化他们，反倒促成了他们的合体。没有人可以打败他，快逃吧。"小樱惊恐地摇头。

"不会吧？这么麻烦？"达文西坐立不安起来，一巴掌拍在林沐夏的屁股上，大声喊道："林家少爷，不能再睡了。我们快没命了！"

这一巴掌果然有效，林沐夏惊醒过来，盯着达文西。

"那你们呢？"夏薇薇跨到马上，伸手去接逸汐和小樱。

"我们该回家乡了。"几乎是异口同声，逸汐拉着小樱的手，坚定地说道。

夏薇薇听到家乡二字，心头一涩，道："那我们有缘再见。"

马蹄踏在荒原上，夏薇薇扬臂抹了一把眼泪，她下定决心，无论野栗恩变成什么模样，她都不能放弃。

她刚刚拐出一片凌霄花丛，就看见露娜带着一大批人马，正聚集在精灵之谷的入口，蓄势待发。

山体剧烈地摇晃着，"轰隆"一声巨响，山石崩塌下来。露娜的队伍迅速往后退了几丈，伴着震天的咆哮声，一头直立的庞大怪兽迈着沉重的步子，走了出来。它周围不断冒出黑色的瘴气，所到之处，花木全都枯萎。

怪兽丑陋的脸色，一双紫色的眸子，让夏薇薇惊得心头一颤，那就是野栗恩啊。

它对着离自己最近的士兵，毫不犹豫地踩了上去，士兵们顿时人仰马翻，还没来得及逃走，就已经葬送了性命。

"四大蜥蜴骑士听令，立刻跟我回史町克之巢！"露娜飞到半空中，厉声命令道。

怪兽果然愣了一下，步伐迟钝地朝露娜走去。

夏薇薇立刻策马奔出，如果这头怪兽被露娜控制，那么她们的处境就更艰难了。

"野栗恩，快醒醒！你不可以被露娜控制。你不是说要问爸爸妈妈你的身世吗？我要你亲自问！"夏薇薇立在高高的马背上，尽管如此，跟怪兽比起来，还是小得可怜。

野兽的脚步顿时一滞，它的身体微微发抖，意识正在激烈地抗击着。它忽然蹲下身子，仔仔细细地盯着夏薇薇看了半晌。

"叛徒！"露娜大吼一声，手里的镰刀劈头盖脸地朝夏薇薇扫来。

夏薇薇脚下的骏马受了惊吓，嘶鸣着跳蹄而逃。她不由得一晃，就在落地的一刹，身体被怪兽的爪子一把接住，悠悠地挪到了半空中，恰好替她挡住了露娜的一击。

"野栗恩，我就知道，你还是认得我的。"夏薇薇情绪激动地将手按在胸口上，含泪看着怪兽的眼睛。那双充满好奇心的紫色眸子，正凝神打量着她，绚紫的光芒也越来越盛。

"可恶！"露娜咬牙道。她取下腰带上的长笛，放在唇边用力吹了起来。

四头蜥蜴巨兽是她一手培养出来的，它们刚刚出生，她就把它们关在黑暗的洞穴里，不给食物，也不给水，只是吹着一只笛子，命令它们按照她的意图办事。不服从，就要挨打，皮开肉绽。可是如果它们办到了，就会有丰厚的食物奖励。时日渐久，蜥蜴骑士只要听到笛声，就立刻对她俯首帖耳。

笛声越来越响，如同魔咒般搅得人心神不宁。

"野栗恩，不要！"夏薇薇眼睁睁看着怪兽的紫色眸子渐渐变成一片混沌，随即闪出刺目的红光，显然已经入了魔。

怪兽错愕地看了一眼手里的夏薇薇，冲她张嘴怒吼一声，几乎是毫不犹豫，巨手猛地一甩，夏薇薇就被掷了出去，重重地摔在了嶙峋的山石上，"哗啦"一声，碎石尽落。

身体沿着陡峭的山坡直直地往下滚，夏薇薇只觉得五脏六腑都快被震碎了，喘不过气来，鲜血沿着嘴角缓缓溢出。

"哈哈哈哈，太好了。果然是我悉心培育出来的战士！"露娜狂放地笑道，她一跃坐在怪兽的肩膀上，指着躺在碎石堆里的夏薇薇，怒道："我要你现在就把她送到鬼门关去！"

怪兽听到命令，猩红的双目立刻盯在夏薇薇身上，粗壮的手掌瞄准她用力往下一扑。

"啊——"怪兽痛苦地号叫起来，它按下去的手掌被一个冰锥刺穿，鲜血如注。

植安奎把夏薇薇拦腰抱起，猛翻到了山石的另一边。

然而他们还没来得及喘息，被激怒的怪兽就紧追而来，每一次扑撞，都在地上留下一个深坑。抱着夏薇薇的植安奎无法施展魔法，只有没命地往前逃。

"上马！"合骑着一匹骏马的达文西和林沐夏突然从侧面冲了过来，一匹空着的黑色骏马被牵引着，奔到了植安奎身边。

"谢了。"植安奎感激地看了一眼达文西，把夏薇薇送上了马。

"噼里啪啦"，天上忽然响起一声惊雷，刺眼的闪电频频撕裂天空，让人毛骨悚然。

大雨跟着瓢泼而下，黑色的骏马根本不等植安奎上马，猛一扬蹄，朝着前方奔去。

"站住！"植安奎生生被马带得一晃，惊诧地发现，那匹骏马被雨水一淋，竟然露出显眼的白光。渐渐地，一对白色的羽翅猛地张开，在半空中急速飞翔起来。

"不能让夏薇薇跑了，快去追！"露娜驾驭着怪兽，在暴雨中紧追不舍。

"达文西，那匹马是谁给你的？"植安奎怔了一下，问道。

"一个穿着黑披风的老头子，他说这是一匹宝马，可以日行千里，免费让我骑的。"达文西错愕道。

"是摩卡拉！"植安奎恨恨地咬紧牙关，他牵住达文西的缰绳，说道，"下去。"

达文西和林沐夏只好听话地滑下马，淋着雨望着植安奎的身影追着天马奔驰而去。

"我们似乎被抛弃了。"达文西哀怨地叹了一口气。

"不，我们现在就去追。"林沐夏拉住达文西的手，迈开脚在雨里狂奔起来。

"林沐夏你这个疯子，我们这样要跑到猴年马月了！"达文西大吼着，声音被暴雨淹没。

"那也不能在这里干等。"林沐夏语气决绝。

最后一场狂欢

暴雨依旧下个不停。

植安奎目光炯炯地盯着前方飞奔的天马,身下的骏马已经口吐白沫,快要没力气了。

他毫不犹豫,起身在马背上用力一点,飞身而起。

"冰之魔法!"他大喊一声,双脚在狂奔的怪兽肩上借力,魔法冰链嗖嗖地飞出,恰好捆住天马头上的犄角。

"该死!"等露娜注意到植安奎,他已经拉扯着冰链,朝着夏薇薇跃了过去。他架起夏薇薇,两人一起坐在天马背上,朝前飞着。

天马嘶鸣,雷声阵阵,雨滴重重地打在他们身上。

"停下!"植安奎找不到勒马的缰绳,只好使劲拍打着天马的颈子,大声命令道。

"天马只听爸爸的命令。"夏薇薇揩去嘴角的血,认命道,"我想知道爸爸要带我去哪里,他就躲在黑云之上,默默地看着我们。"

"你是说……这暴雨天气是白尼斯杜特尔兰国王刻意安排的?"植安奎抬头看了一眼黑沉沉的天幕,吃惊道。

"黑云上不仅仅有爸爸,还包括渡鸦会的人,彩虹之穹所有的战斗力都出动了。"夏薇薇闭上眼睛,摇头低叹,"可让我难过的是,他们竟然不帮我们。我感觉……感觉自己好像被戏弄了,像个小丑似的被围观。"

植安奎用力握了握她的肩膀,心里一阵狐疑和恐惧,彩虹之穹如此大的架势,到底想要干什么?夏薇薇被怪兽追捕,国王为什么要冷眼旁观?

突然,天马仿佛被绊了一下,身体剧烈一晃,差点把植安奎和夏薇薇震下去。

"怎么回事?!"夏薇薇心头一紧,身体不由得往后缩,"植安奎,你在吗?我什么都看不到。"

眼前是一片浓重的黑,比黑沙漠还要压抑,处处透着绝望的气息。

"我在。"植安奎立刻答道,他们刚刚闯入了一个未知的结界,连他都无法获知这是什么地方。

天马飞得极为平稳,丝毫不见慌乱。

不一会儿,诡异的笛声响起,骑着怪兽的露娜也跟了进来。

"巴罗多的诅咒!不好,大家快出去!"笛声戛然而止,一向处变不惊的露娜顿时慌了手脚。

"没有人可以出去。"黑暗中缓缓透出一丝白光,一身豪华宫廷装打扮的白尼斯杜特尔兰国王的身影逐渐清晰。他身后齐刷刷地站着一排渡鸦会的顶尖魔法师。

"国王,我帮你查出了彩虹之穹的假公主,你怎么可以这样对你昔日的朋友?"露娜怒目瞪着国王。

"爸爸。"夏薇薇低呼一声。"假公主"几个字让她感到十分委屈。

"对不起。"国王目光深深地看了一眼伤痕累累的女儿,心疼得厉害,可是他想到夏薇薇的未来,立刻闭上眼睛,命令道:"彩虹之穹的全部魔法师听令,合力启动巴罗多树洞!"

"爸爸，你要干什么？"夏薇薇吓得心头一颤，如果这里是被巴罗多诅咒的地方，那树洞一旦打开，所有的人都要掉下去。然而，等她细细往下看，才猛地发现，这个黑暗的空间里，只有她和植安奎，以及狂躁不安的怪兽和目露凶光的露娜。

怪兽发出不安的吼声，东闯西撞地做最后的挣扎。

露娜只好掏出长笛，再次吹了起来。

五颜六色的光芒迸射出来，全都汇聚在国王手里的金色权杖上。

四周开始颤抖，仿佛有东西要瞬间崩裂。

耳边传来一声爆响，夏薇薇的耳朵被震得瞬间失聪，植安奎伸手捂住她的耳朵。

地面竟然裂开了一道口子，滚烫灼热的岩浆冒着可怕的磷药味。

天马张开翅膀往上高飞，尽量避开喷出地表的岩浆。

怪兽身体笨重，被岩浆烫伤，吃痛地嗷嗷直叫。

露娜见状，立刻扑扇着蝙蝠状的翅膀，腾起在半空中。

"大家加油！"国王的眼中闪着喜悦的光芒，他欣慰地看着被烫得四处乱躲的怪兽，手里的金色权杖直指还未破碎的黑色石块。

"爸爸，你不可以伤害它，它身体里有野栗恩啊！"夏薇薇惊恐地睁大眼睛，再不告诉爸爸，野栗恩就要跟怪兽一起落到地狱里去了。

白尼斯杜特尔兰国王像是没听见一般，挥舞着手里的权杖，专挑怪兽脚下的支撑地，冷眼看着它发出阵阵哀鸣。

"爸爸，我还有个亲妹妹，她就在怪兽身体里。她为了救我们大家，才跟蜥蜴巨兽融到了一起，她是无辜的！"夏薇薇哭着拍打着马背，可是天马根本不听她的，动也不动一下。

"她不是你妹妹，她是天界恶的代表，只是一团瘴气幻化成了人形，是来祸害这个世界的。"国王见夏薇薇情绪激动，劝道。

"不是的！她有一颗金子般的心，爸爸你别信谣传。野栗恩是个好姑娘。"夏薇薇着急地解释道。

"纵然她今天不跟蜥蜴巨兽合体，有朝一日，她遇到更加强大的污浊之物，也会无法自控地进行合体，到时候就不是今天这么好对付了。"国王一边说，一边挥舞着手里的权杖，眼看着所有完整的支撑地都破碎了，怪兽很快就会落入岩浆。他终于放松了一会儿，道，"爸爸是为了你，野栗恩总有一天会成为你的阻碍。"

"不要！野栗恩是我的妹妹，爸爸不要她，就让我亲自守着她！"夏薇薇绝望地看了冷血的爸爸一眼，她身子往边上一歪，目光紧紧地盯着火焰中正缓缓下落的怪兽。

野栗恩，救不了她，就一起葬身这火海中好了。

烫！身体越往下落，就越觉得烫！

"夏薇薇，你这个混蛋！"植安奎大惊失色，他眼睁睁地看着夏薇薇像一朵小花，从马背上飘了下去。一条冰链发了出去想捆她上来，落在半空的夏薇薇用手一拍，冰链被拍到了一边。

"拉住冰链。"植安奎恨得咬牙切齿，暴怒地吼道。

她却不想理会。脑海中回忆着一路走来的风风雨雨，她什么都明白了。从一开始就是爸爸暗中操作，为的就是在这一天将自己的孩子野栗恩，推入巴罗多树洞里去。让她彻底消失，好狠心的爸爸！

"夏薇薇。"粗陋的嗓子艰难地唤着她的名字，怪兽的双腿已经全部没入灼热的岩浆中。它原本猩红的眸子，渐渐恢复成漂亮的紫色，诧异又满足地盯着夏薇薇下落的身体。

"野栗恩，爸爸又迷信又混蛋，咱们以后不理他就好了。"夏薇薇噙着眼泪，眼前的怪兽皮肤皲裂，鳞片丛生，丑陋至极。可是那双清澈有神的眼睛，温暖又灵动，控制这具身体的人是野栗恩啊。

怪兽高高伸出手，将夏薇薇捧过头顶，护着她，生怕她被火灼伤。

国王握住权杖的手抖了一下，卡住怪兽的黑色石块，他再也没有勇气去击碎。

又一个傻瓜跃了下去。

救援失败的植安奎竟然跳下天马，借助于冰链攀爬到了怪兽的头上。

"死女人，我命令你现在就跟我走。"满身狼狈的植安奎，吼声依然很响亮。

他大概忘记了,只要卡住怪兽的石块碎掉,他也会跟着怪兽一起落入岩浆之中。

"夏薇薇公主,如果你愿意献出自己的心,我就把野栗恩还给你。"不知从哪里发出一声带着笑意的调侃,却极为诡异。

"闭嘴!"暴怒的植安奎对着一片虚空吼了一声,现在已经够乱了,到底哪个混蛋还在添油加醋。

岩浆之上,一艘小船缓缓划了过来,披着破斗篷的狄奥西多渐渐靠近怪兽,说道:"我从来没有交易失败过,我要你的心,你给不给?"

"少给我凑热闹,给我滚!"植安奎直接化身为咆哮帝,对着狄奥西多暴吼。"愿意!"可他只听到夏薇薇镇定的回答声。

契约已经达成。

"夏薇薇,回来!"国王完全愣住了,直接跃下云端,朝夏薇薇掠过去。

可是,再快的魔法也抵不过狄奥西多执行交易的欲望,连距离夏薇薇最近的植安奎,都没能阻止夏薇薇的心被狄奥西多瞬间移走的动作。

夏薇薇的身体像是崩断的弦,骤然跌落下去。

怪兽发怒了,它嘶吼着,一掌击翻了狄奥西多的小船。可是它过激的动作直接崩裂了卡住身体的黑色石块,身体顿时迅速往岩浆里陷落。

怪兽的头顶上,忽然飘出一个黑色的影子,沉睡的野栗恩飘在半空中。

怪兽失去意识,身体轰然崩塌,残骸悉数落入岩浆之中,被吞噬殆尽。

"不可以把你这个浊物留在这世界上,不可以!"国王看了一眼怀里脸色苍白、失去意识的夏薇薇,愤怒已经到达顶点,他挥舞着强大的魔杖,对准野栗恩的身体击落下去。

"夏薇薇要守护的,就是我要守护的!"植安奎忍住心头翻滚的痛楚,凝结出冰盾护住昏睡中的野栗恩。

狄奥西多心满意足地带着夏薇薇的心,将翻掉的小船扶正,摇着船橹悠悠然离去。

"竟然敢跟国王战斗!"渡鸦会的人一齐朝植安奎射出魔法权杖。

"咔咔",冰盾刹那间变成碎片,植安奎胸口一阵剧痛,鲜血喷洒而出。

"她是我们的女儿,她身上所有的恶都已经被巴罗多树洞吞噬了。现在的野栗恩是新生的。"云哆亚的队伍里忽然飞出一个靓丽的影子,卡迪娜王妃俯身抱住女儿野栗恩,哭着求告道。

白尼斯杜特尔兰国王犹豫了,他仿佛想起十几年前的惩罚,卡迪娜王妃冒着风雨,想回到彩虹之穹,可是恪守天规的他竟然毫不犹豫地对着她挥出魔杖,亲眼看着她坠落在东海,万劫不复。

现如今,卡迪娜又一次违背他的心意,他若是再一击下去……恐怕她再也不会回到他身边了。

躺在国王怀里的夏薇薇缓缓睁开眼睛,她仿佛做了一个极为漫长的梦,手指下意识地伸到胸口处,"扑通,扑通",胸口的心脏正有力地跳动着,全身被一股暖流包围着,她从来没有感觉到如此轻松过。

"妈妈!"夏薇薇看见对面正抱着野栗恩的卡迪娜王妃,喜悦地呼唤起来。

"夏薇薇。"

四匹天马驾着金马车呼啸而来,将卡迪娜王妃与夏薇薇、野栗恩接了进去。

半空中忽然绽放出一道强烈的红光,蔷薇花神的身体越变越大,坐落在一块黑石之上,闪耀着光辉。

难道是?

植安奎震惊地看着蔷薇花神,忽然明白,狄奥西多拿走的不是夏薇薇的心,而是她心里的一颗黑钻!这一切都是蔷薇花神的功劳。

"那颗黑钻经过夏薇薇心的洗涤,已经变成了一颗新的鲛人泉眼,拿着它,就可以换取卡迪娜王妃的双眼。"蔷薇花神的枝叶微颤,发出慈祥又悦耳的声音。

"我的花神!"腾在半空中的露娜尖叫着扑向花神,身体刚刚飞了一半,却被花神的光芒罩住了,再也动弹不得。

"我寻思着,恐怕巴罗多树洞才是我最安全的栖身之地,你们快走吧。有露娜这个小恶魔陪我,我也不会寂寞。"花神笑得花枝乱颤。

被困住的露娜却怒目圆瞪,手里的镰刀嗞嗞直响。

"走!"国王一把抓住植安奎的手,将他往金马车上扯去。

"不是说非彩虹之穹皇室的人不可以坐金马车吗?"植安奎微愣了下。

"规矩是死的,人是活的。"国王一脸不悦。渡鸦会的人也跟着离开了巴罗多树洞。

云哆亚的空气格外清新,一场雨罢,许多绿油油的植物新长了出来,煞是好看。

"喂!请问夏薇薇公主殿下在车里吗?我们是她的朋友,能不能载我们一程啊!"在地上辛苦跋涉的达文西看见晴空中掠过的太阳金马车,兴奋地招手大喊道。

"达文西,他们听不到的。"林沐夏累得扶膝急喘,劝达文西省省力气。

太阳金马车里,彩虹之穹的一家人,你看看我,我看看你,每个人都是一肚子的话。

只有野栗恩依旧在睡。

植安奎尴尬地连连往车外看,他是个多么亮闪闪的电灯泡啊。

咦——

那两个小黑点难道是达文西和林沐夏,竟然浑身都是泥,脏兮兮的。

植安奎环顾整洁漂亮的太阳金马车,将窗帘放下来,还是以后再考虑接他们吧。

番外篇

艾凡思贵族中学的咖啡厅里。

穿着粉色蓬蓬裙的夏薇薇坐在漂亮的餐厅里，秀丽的手指捏着小匙，搅拌着咖啡。

"尝尝我亲自为你做的草莓酱马卡龙。"与她对坐的是温文尔雅的林沐夏，他把一份粉色的圆形马卡龙推到她面前。精致的点心四周，被烘烤成漂亮的蕾丝边状，光看起来都觉得美味。

"沐，谢谢。"夏薇薇欣喜地尝了一小勺，香甜酥脆的味道果然赞极了。

林沐夏笑得眉眼弯弯，他宠溺地看了一眼夏薇薇，扬手帮她擦掉嘴边的蛋糕屑。

"哇，林沐夏少爷真是温柔啊，我好羡慕。"餐厅里传来羡慕的赞叹声。

"是啊，可是他总陪在夏薇薇身边，我们根本就没有机会。"少女扼腕道。

"林沐夏，你又拿这些小把戏哄人！"大步走进餐厅的正是帅气的植安奎，他拉开椅子，毫不客气地坐在夏薇薇身边，盯着林沐夏冷声道，"如果夏薇薇学期末的成绩还是班上倒数第一的话，那就别怪我不客气了。"

"是植安奎诶！好酷！"女生们的花痴声音再起。

"人家哪有倒数第一。"夏薇薇见大家都看着她，难为情地低头小声嘟囔。自从他们一起上了中学，植安奎一看到她跟林沐夏在一起就摆臭脸，而且还三番五次强调她很烂的成绩。

"如果你非把你们班考试当天生病晕倒的同学算上的话，你勉强是倒数第二。"植安奎白了夏薇薇一眼。

他们被获许在人间念书，可是夏薇薇的成绩实在让人忧心。

"咳咳……我会加强对她的'监管'。"林沐夏有些不好意思。不是他不愿意帮助夏薇薇，而是她实在太爱吃，每次做出美食，她的口水都快流出来了，完全无法专心学习。

"哎哎，最近又没思路了。"接着闯进来的是一身女装的达文西大叔，他抱着一匹白纸，胡子拉碴地跑进餐厅。

他为了写出一篇惊世骇俗的小说，已经在家里闭门不出很久了，可依旧思绪全无。

"达文西，你还是去做经纪人吧。"夏薇薇小声劝道。

"不要，我就要当一名伟大的作家！"达文西仰头坚决拒绝道。

众人一律低头喝咖啡：他们，实在不好意思打击达文西……